Rabīndranāth Tagore
Gedichte und Lieder

Ausgewählt und
aus dem Bengalischen übertragen
von Martin Kämpchen

Insel Verlag

Satz: Hümmer GmbH, Waldbüttelbrunn
Druck: Druckhaus Nomos, Sinzheim
Printed in Germany
Erste Auflage 2011
ISBN 978-3-458-17501-8

1 2 3 4 5 6 – 16 15 14 13 12 11

Inhalt

Ich fürchte mich so vor der Menschen Wort.
Sie sprechen alles so deutlich aus:
Und dieses heißt Hund und jenes heißt Haus,
und hier ist Beginn und das Ende ist dort.

Mich bangt auch ihr Sinn, ihr Spiel mit dem Spott,
sie wissen alles, was wird und war;
kein Berg ist ihnen mehr wunderbar;
ihr Garten und Gut grenzt grade an Gott.

Ich will immer warnen und wehren: Bleibt fern.
Die Dinge singen hör ich so gern.
Ihr rührt sie an: sie sind starr und stumm.
Ihr bringt mir alle die Dinge um.

Rainer Maria Rilke »*Mir zur Feier*«

Gedichte und Lieder

An einem Regentag

Heute, heut kann ich's ihr sagen,
an einem solchen Regentag es wagen!
Wenn die Blitze grellen
und der Regen rauscht
und das Dunkel lichtlos scheint.

Keiner wird vernehmen dieses Wort,
denn einsam, leer ist dieser Ort.
In unserm Schmerz gefangen
blicken wir einander an.
Wie rastlos der Regen vom Himmel fällt,
als wär sonst niemand auf der Welt.

Die Menschen, die Welt – Lüge sind sie ganz und gar,
der Lärm des Lebens – nichts an ihm ist wahr.
Augen allein kosten
der Augen Zauber.
Ein Herz nur spürt des anderen Herzens Schlag.
Tief im Dunkel eingetaucht ist dieser Tag.

So sanft will ich sprechen, daß keiner uns hört,
daß nichts unsere Seele schreckt und verstört.
Auflösen wird sich mein Wort
langsam im Strom der Tränen.
Regen will prasselnd die Welt umhüllen,
doch nur ein Wort wird uns zwei Menschen erfüllen.

Wem kann es schaden, wenn von diesem Leid
meine Seele sich befreit?
Wenn im Regenmonat *śrāban*

in einem Zimmerwinkel
wir uns zwei kleine Worte sagen,
wird sich doch keiner über uns beklagen?

Danach vergeht ein ganzes Jahr
mit der Leute Spott und Kommentar.
Viele Menschen werden kommen,
dazu so viel Leid und Kummer.
Und unser kleines Wort wird untergehen,
nur die Welt sich ein Jahr drehen, drehen.

Wie rastlos der Wind auf die Erde fällt
und Blitz auf Blitz den Himmel erhellt.
Doch jenes Wort, es bleibt
in mir verschlossen.
Ach, könnt ich's heute noch ihr sagen,
an einem solchen Regentag es wagen!

Abschied von Gott

Im Tempel ein alter Beter wacht',
er betete den ganzen Tag und die Nacht.
Einst betrat abends, staubbeschwert,
ein Bettler den Betraum, nackt und ausgezehrt.
Flehend rief er: »Ich habe keine Bleibe, wo soll ich leben?
Kannst du mir gnädig einen Winkel geben?«
Voll Zorn rief ihm der Beter zu:
»Du, mach dich fort, Unreiner du.«
Der sagte nur: »So geh ich denn!« – Alsbald
wandelte sich der Bettler zur Gottesgestalt.
Der Beter rief: »Mein Herr, welch Spiel treibst du mit mir?«
Gott sagte: »Du wolltest, daß ich weggehe von dir.
Im Kleid des Bettlers wandre ich von Ort zu Ort.
Wer mir Heimatlosem ein Heim gibt – ich bleibe dort.«

Entsagung

In tiefer Nacht rief der Weltentsager aus:
»Heute verlaß ich Gott zuliebe Familie und Haus.
Wer hat mich hier mit seinem Zauber betört?«
Gott sagte: »Ich.« – Er hat ihn nicht gehört.
Die Frau lag, ihr schlummerndes Kind an die Brust gepreßt,
sie teilte das Bett, sie schlief friedlich und fest.
Er sagte: »Wer will mich durch Täuschung zerstören?«
Gott sagte: »Ich.« – Niemand wollte es hören.
Vom Bett sich erhebend rief er: »Mein Herr, wo bist du?«
Gott sagte: »Hier bin ich.« – Er hörte nicht zu.
Das Kind weinte im Traum und griff nach der Mutter Kleid.
Gott rief: »Komm zurück!« – Sein Ohr war nicht bereit.
Tief seufzte Gott auf: »Mein Verehrer will mich verlassen.
Ach, wohin denn? ... Ich kann es nicht fassen!«

Arbeit

Am Morgen sehe ich den Diener nicht.
Die Tür ist offen geblieben,
das Badewasser hat niemand hochgezogen.
Dieser Idiot ist letzte Nacht nicht zurückgekehrt.
Wo ist meine frische Wäsche?
Ich weiß es nicht.
Wo steht meine Mahlzeit bereit?
Die Stunden schlagen,
ich sitze da und werde zornig.
Den Kerl werd ich bestrafen!
Nach langer Zeit kam er,
grüßte ehrerbietig
und blieb mit gefalteten Händen vor mir stehen.
Mit hochrotem Kopf rief ich:
»Weg von hier,
dein Gesicht will ich hier nicht länger sehen!«
Er hörte es und blieb eine Weile
wie ein Tor wortlos stehen
und starrte in mein Gesicht.
Mit flüsternder Stimme sagte er:
»Gestern abend in der zweiten Stunde
ist meine kleine Tochter gestorben.«
Das sagte er knapp,
warf das Handtuch über die Schulter
und begann allein seine alltägliche Arbeit.
Wie jeden Tag
scheuerte, wischte und fegte er
und ließ keine einzige Arbeit aus.

Ohne philosophisches Wissen

Wer mag, soll mit geschloßnen Augen in sich schauen,
ob man der Wahrheit dieser Welt kann trauen.
Um das Licht des Tags zu saugen,
sitz ich derweilen da – mit unersättlichen Augen.

Politik

Die Axt sagte: »Baum, ich bitt dich sehr,
gib mir einen Ast von dir, mir fehlt der Stiel.«
Kaum war sie mit Bitten und Betteln am Ziel
und hatte den Ast zum Stiel gemacht,
kam dicht an der Wurzel der erste Schlag –
bis der Baum, der Arme, den Schlägen erlag.

Unmöglicher Versuch

Wer nicht die Kraft hat,
selbst groß zu sein,
der macht auch keine Großen klein.

Schmerz eines Großen

Die Sonne, beleidigt von Vorwürfen, klagt:
»Was muß ich tun, um aller Liebling zu sein?«
Gott sagt: »Verlasse dieses Sonnensystem
und mit zwei, drei Leuten tu ein Werk läppisch-klein.«

Abschluß

Die Blume sagt: »Verwelkt bin ich, o Stern,
　　ich sinke nieder.«
Der Stern sagt: »Auch ich schließe meine Lider.
Gemeinsam füllten wir den Abschiedskorb der Nacht:
des Himmels Stern, des Waldes Pracht.«

Der zerbrochene Gesang

Der junge Sänger Kāśīnāth füllte den Saal mit seiner Stimme;
die sieben Töne ließ er in seiner Kehle wie sieben zahme Vögel
spielen.
Klingenscharf zuckte seine Stimme hierhin und dorthin.
Sie züngelte wie Blitze, niemand wußte, wann und wohin.
Fallen stellt' er sich und riß sich wieder vom Abgrund weg.
Begeistert riefen die Zuhörer immer wieder »*Bāhā! Bāhā!*«

Starr wie ein Stock nur saß der alte König Pratāp Rāy,
denn außer Baraj Lāl mochte ihm keines Sängers Lied gefallen.
Von Jugend an hatte er dessen Liedern so oft gelauscht,
zur Regenzeit den Wolkenliedern, am Holifest den *kāphi*-Rāgas.
Er hieß Durgā willkommen und entließ sie mit Liedern.
Dann schwoll das Herz des Königs an, und seine Augen füllten sich.
Strömten die Freunde zusammen, war die Halle voll,
und er sang die Lieder von Krishna und Rādhā.
Zahlreiche Hochzeiten wurden bis spät in seinen Gemächern
gefeiert;
prächtig die roten Gewänder der Diener, die hundert
brennenden Lichter!
Der Bräutigam wartete scheu, mit Edelsteinen geschmückt,
während die gleichaltrigen Freunde mit ihm im Flüsterton
scherzten.
Vorn saß Baraj Lāl und stimmte den *sāhānā*-Rāga an. –
Von diesen Tagen und Melodien war des Königs Herz noch erfüllt.
Drum konnten eines anderen Lieder sein Inneres nicht rühren,
weil sie nicht frühe Zeiten wie ein Mantra im Nu erweckten.
Pratāp Rāy sah nur Kāśīnāths sinnlos zappelnden Kopf,
hörte Lied auf Lied, doch sein Herz blieb leer.

Als Kāśīnāth abbrach und eine Pause erbat,
wandte sich Pratāp Rāy, seine Augen lächelnd, Baraj Lāl zu
und sagte, an sein Ohr geneigt: »Verehrter Ustād, laß mich nun
Liedern lauschen, wert, Lieder zu heißen – nicht diesem Zeug.
Das sind nur Spielchen der Katze, die einen Vogel jagt.
Damals war Gesang noch Gesang, heute schmäht man ihn.«

Der ehrwürdige Baraj Lāl, schlohweiß sein Haar, hell der Turban,
nahm, sich tief verbeugend, bedächtig Platz in der Menge.
Mit blasser, blaugeäderter Hand griff er zur Tānpurā.
Die Augen geschlossen, gesenkt das Haupt, sang er.
Doch zitternd erstarb die schwache Stimme in den Winkeln
der Halle,
einem winzigen Vogel gleich, der gegen den Sturm ankämpft.
Pratāp Rāy ermunterte ihn zu seiner Linken tausendfach.
»*Āhā-hā, bāhā bāhā!*« rief er. »Singe klar und laut!«

Achtlos tuschelten die Leute miteinander,
welche gähnten, andre dösten oder verließen die Halle.
»Her mit der Wasserpfeife!« rief einer zum Diener.
Den Fächer heftig wedelnd klagte jemand über die Hitze.
Menschen liefen geschäftig umher und schwatzten ununterbrochen.
Ruhig war's gewesen, doch jetzt war die Halle erfüllt von Lärm.
Des Alten Stimme ertrank darin wie ein schwaches Boot im Sturm.
Nur die fiebrigen Finger am Hals der Tānpurā stachen hervor.
Tief aus dem Herzen sollte steigen die Melodie frei und froh empor,
doch wie ein Stein verschloß der verachtende Lärm ihre Quelle.
Wo die Lieder? – Wo die Seele? – Entzweit sind sie geworden.
Doch aus vollem Herzen sang er, um seines Herren Ehre willen.
Ungewollt vergaß er eine Zeile – wie konnte das geschehen?
Wieder kehrte er, sich fangend, zurück zum Gesang,
wieder vergaß er und fand, tief beschämt, den Anfang nicht.
Nochmal begann er, sang, vergaß – und gab auf.

Um so heftiger bebten die Hände, seinen Guru rief er an.
Kläglich schwankte die Stimme, wie ein flackerndes Licht im Wind.
Den Text verloren, hielt er sich fest am Lauf der Töne.
Doch plötzlich löste der Gesang sich im Jammer der Tränen auf.
Wohin war der Zauber der Klänge, wohin der Rhythmen Kraft entflohen?
Zerrissen der Melodien Fäden! Wie Perlen rollten die Tränen.
Zerknirscht ruhte sein Haupt auf der Tānpurā, seiner Gefährtin.
Die alten Lieder – vorbei! Einzig das Greinen der Kindheit blieb.
Die Augen voll Tränen, streichelte Pratāp Rāy dessen Schultern.
»Brechen wir auf«, sagt' er freundlich und mild,
und sie verließen den hundertfach erleuchteten Saal.
Hand in Hand gingen die zwei alten Freunde hinaus.

Die Hände gefaltet, sagte Baraj: »Mein Herr, unsre Zeit ist zerbrochen.
Eine neue Menschheit ist da mit neuen Formen und Farben.
Einsam ist unsere Welt geworden; du und ich sind übrig.
Werbt keine neuen Hörer an, ich bitt euch und fall euch zu Füßen!
Allein kann ein Sänger nicht singen, es bedarf eines zweiten.
Laut singt einer, teilt frei sich mit; der zweite singt tief im Innern.
Erst wenn die Woge am Strand aufprallt, entsteht ein Klang.
Erst wenn die Blätter zittern im Wind, entsteht ein Rauschen.
Sind zwei Kräfte vereint, erschaffen sie einen Ton in der Welt.
Wo keine Liebe wohnt, wo Taube herrschen, kann kein Lied erwachen.«

Des Dichters Alter

O Dichter, der Abend ist schon da,
weiß geworden ist dein Haar.
Du sitzt und hast den Kopf gehoben,
hörst du schon den Ruf von oben?
Der Dichter sagt: Gewiß, der Abend ist hereingebrochen,
erschöpft sind meine Glieder, meine Knochen.
Doch könnten von den Nachbarn einer oder zwei
mich plötzlich rufen heut: »Komm schnell herbei!«
Wenn dort in der *bakul*-Bäume Schatten
Jüngling und Mädchen ein Treffen hatten,
wenn zwei Menschen danach verlangen,
daß ihr Blick den andern nimmt gefangen –
wie kann es mir auf der Vīnā gelingen,
ihre Herzensworte zum Klingen zu bringen,
wenn ich bloß am Strand des Lebens liege
und Für und Wider des Jenseits wiege?

Der Abendstern steigt auf und sinkt dann wieder,
am Ufer brennt der Scheiterhaufen langsam nieder.
Die Sichel des Monds geht golden am Waldrand auf,
die Schakale heulen zum Himmel hinauf
vom Hof des leeren Hauses.
Wenn ein Asket dann kommt und wacht
– das Haupt erhoben, die Hände vor der Brust – die ganze Nacht
und blickt auf die Sieben Weisen unverwandt,
wenn das Meer des Schlafs am Lebensrand
jäh erwacht mit seinen ungesung'nen Liedern –
wer kann dann der drei Welten geheimes Wort
dem Asketen einflößen, in seinen tiefsten Ort,

wenn ich auf Erlösung sinnend meine Zeit vertreibe
und dabei still im Zimmer sitzen bleibe?

Weiß ist mein Haar, ich geb es zu.
Doch warum starrt ihr's an und starret immerzu?
In meiner Nachbarschaft sind jung und alt vereint.
Ich bin genauso alt wie sie, mir scheint.
Manche lachen frei, frisch und fröhlich,
andre lächeln aus den Winkeln ihrer Augen heimlich;
die Augen mancher Menschen quellen über,
die Tränen andrer trocknen rasch und gehn vorüber;
welche bleiben im Zimmer verborgen wohnen,
andre reisen durchs Land, derweil sie auf Kutschen thronen;
die einen sterben, das Herz um Haus und Hof so schwer,
die andren verlieren sich im Menschenmeer.

Jeder lädt mich zu sich ein;
wird so der Ruf vom Jenseits zu hören sein?
Alle haben das gleiche Alter wie ich,
soll mein Haar weiß werden, was kümmert's mich!

Wenig brauch ich zum Leben

Wenig brauch ich zum Leben;
drum was nicht bleiben kann –
das soll vergehen.
Doch wird Geringes nur verschwendet,
sink ich in Leid und Wehen.

Den Ufern gleich versuche ich vergebens,
mit beiden Armen die Strömung zu dämmen,
doch Woge um Woge schlägt an meine Brust,
sie lassen sich nicht hemmen.
Wenig brauch ich zum Leben;
drum was nicht bleiben kann –
das soll vergehen.

Das schenk ich dir, das wenige, das bleibt,
wenn alles wird vergehen.
Alles bleibt gleich durch deine große Macht,
mir kann kein Schaden entstehen.

Die Monde und die Sonnen, alle sind dein eigen.
Dennoch wird, was gering und klein, nicht verlorengehen.
Werd ich nicht, was zwischen meinen Fingern zerrinnt,
zu deinen Füßen wiedersehen?
Wenig brauch ich zum Leben;
drum was nicht bleiben kann –
das soll vergehen.

Die vergeudete Zeit

Wie oft geschieht's, daß ich mich frage,
ob ich nicht meine Zeit vergeude, vergeude meine Tage.

Herr, sie ist nicht vertan, diese Morgenstunde –
du selbst zählst gütig jede Sekunde,
du mein innewohnender Gott! Tief innen
hast du geheim und versteckt
den Samen zum Sproß erweckt,
die Blüten entfaltet zu farbiger Kraft
in die Frucht gepreßt den lieblichen Saft
und reifen lassen den Kern darinnen.

Erschöpft auf mein Lager gestreckt, hab ich gedacht,
alle Arbeit bleibe liegen.

Doch als ich am Morgen erwacht',
hast du den Garten zur Fülle gebracht.

Am Strand des Weltmeers

Am Strand des Weltmeers
treffen die Kinder sich.
Unbewegt spannt sich weit
über den Köpfen der unendliche Himmel.
Das tiefblaue Wasser schäumt empor
und tanzt den Tag entlang.
Was für ein Aufruhr dort an der Küste?
Dort treffen die Kinder sich.

Sie bauen Häuser aus Sand,
mit Muscheln spielen sie.
Auf dem Wasser, so blau und so endlos,
lassen sie kleine Boote treiben,
mit leichten Händen basteln sie
aus Blättern kleine Flöße.
Am Strand des Weltmeers
treffen die Kinder sich.

Sie können nicht schwimmen,
auch die Netze nicht werfen.
Die Taucher suchen tauchend nach Perlen,
die Händler reisen in ihren Schiffen vorüber –
die Kinder aber sammeln Kiesel, nur um sie
zu kleinen Haufen zu schichten.
Sie fragen nicht nach dem Wert von Edelsteinen,
sie können die Netze nicht werfen.

Der Schaum spritzt hoch, es lacht das Meer,
es lacht auch der Meeresstrand.
Den Kindern sind die riesigen Wogen

wie Verse aus flüssigen Tönen,
wie die Lieder einer Mutter, die ihre Kinder
auf der Schaukel bewegt.
Das Meer spielt mit den Kindern,
es lacht der Meeresstrand.

Am Strand des Weltmeers
treffen die Kinder sich.
Ein Regensturm deckt den Himmel zu,
Schiffe kentern in endloser Ferne,
ein Engel des Todes fliegt auf –
aber die Kinder spielen und spielen.
Am Strand des Weltmeers
feiern die Kinder ihr großes Fest.

Der Kritiker

Papa schreibt Bücher, ganz allein für sich.
Niemand weiß, was er schreibt, eigentlich.
Als er damals vortrug sein Gedicht,
hast du was verstanden? – Lüge nicht!
Sag mir, zu schreiben so was,
welchen Sinn hat das?
Warum kann er nicht beim Schreiben
so einfach wie beim Plaudern bleiben?
Hat die Oma denn dem Papa nie erzählt
Geschichten von Königen, fein ausgewählt?
Sind die Geschichten aus jener Zeit
geraten in Vergessenheit?

Vorbei ist schon die Zeit zum Baden.
Immer wieder hast du Papa eingeladen.
Doch du sitzt da und wartest mit dem Essen,
und Papa hat dich ganz vergessen.
Seine ganze Zeit muß er vertreiben
mit Schreiben, Schreiben, Schreiben.
Wenn ich in Papas Zimmer spielen gehe,
sagst du: »Frecher Kerl du, wehe!«
Mach ich ein bißchen Durcheinander nur,
schimpfst du: »Papa schreibt doch Literatur!«
Sei mal ehrlich, sage mir,
welchen Wert hat so'n Haufen Papier?

Wenn ich nach Papas Heften meine Hand ausstrecke
und alle Blätter mit Tinte bedecke
und schreibe a - b - c - d - e - f - g - h - i –
warum, Mama, bist du mir dann böse, irgendwie?

Papa bleibt ganz stumm und still,
wenn er schreiben will.
Verschwendet Papa nicht Tag für Tag drei, vier
große Blätter Linienpapier?
Aber wenn ich daraus Boote falten will,
sagst du: »Das darfst du nicht, das ist zuviel.«
Ist's denn gut, das weiße Papier
schwarz zu machen, sage mir?

Der Held

Stell dir vor, daß ich mit Mama kreuz und quer
reise durch die weite Ferne weit umher.
Du steigst ein in deinen Palankin,
läßt die Türen offen einen Spalt;
ich aber reite auf dem braunen Pferd
klipp-klapp-klipp immer nebenher.
Staubwolken wirbeln rot empor
unter des Pferdes Hufen hervor.

Abend ist's; hinterm Berg versinkt die Sonne gleich,
wir sind angekommen, wo sich treffen Feld und Teich.
Alles weit und breit ist leer und still,
keine Menschenseele ist zu sehen.
Darum hast du heimlich Angst gekriegt
und fragst: »Wo bin ich angekommen?«
Ich aber sage: »Mit der Angst machst du jetzt Schluß!
Schau – dort rinnt dünn ein kleiner Fluß.«

Die Felder sind von Disteln ganz bedeckt,
da schlängelt sich ein Pfad hindurch, tief versteckt.
Kühe und Kälber sind nirgendwo zu sehen,
sie sind gewiß im Abenddämmer heimgekehrt.
Wohin wir gehen? – Ich weiß es nicht,
denn im Dunkeln kann ich nichts erkennen.
Du fragst mich: »Siehst du nicht?
Am Teichrand dort! Was ist das für ein Licht?«

In dem Moment da rufen welche: »*Hā-re! Hā-re! Hā! Hā! Hā!*
Wir kommen! Aufgepaßt, wir sind schon da!«

Angstvoll drückst du dich in eine Ecke
und rufst Gott um seinen Beistand an.
Die Träger lassen den Palankin im Stich,
hinterm Dornbusch zittern sie geduckt.
Ich aber ruf dir zu: »Mama,
hab keine Angst, ich bin doch da!«

Stöcke in Händen, kraus die Haare, mit wildem Mut
kommen sie, ans Ohr gesteckt die Blume rot wie Blut.
»Eingehalten!« sag ich. »Aufgepaßt!
Nicht einen Schritt mehr weiter!
Sonst zeig ich euch mein scharfes Schwert
und schlag euch kurz und klein.«
Aufgesprungen sind sie. »Ich geh zurück, ich geh!«
schreien sie. »O weh! O weh! weh! weh! weh!«

Du sagst: »O mein Kleiner, geh nicht weiter, du!«
Ich sag: »Still! Schau mal an, was ich jetzt tu!«
Ich geb dem Pferd die Sporen und spring in ihre Mitte.
Gegen ihre Schilder kracht mein Schwert.
Mama, wie schrecklich war die Schlacht!
Unbeschreiblich! Du kriegtest eine Gänsehaut.
Weggerannt sind viele in Angst und Schrecken,
doch viele konnt ich niederstrecken.

So vielen hab ich mich gesetzt zur Wehr,
daß du denken magst, dein Kleiner lebt nicht mehr.
Blutverschmiert und schweißgebadet komm ich dann
und sage: »Geschlagen ist die Schlacht!«
Von deinem Palankin steigst du herab
und hebst mich küssend auf deinen Schoß.
Du sagst: »Daß mein Kleiner da war, welch ein Glück!
Wir kämen sonst mit Gram und Weh zurück.«

Täglich geschieht so viel, mal ist's echt, mal Schein.
Warum, ach! kann nicht alles wahr sein?
Gäb's eine solche Geschichte wirklich,
wie erstaunt wären doch alle, sie zu hören.
Mein Bruder würde rufen: »Ist das möglich!?
Hat unser Kleiner wirklich so viel Kraft?«
Alle Nachbarn hörten zu und würden meinen:
»Welch ein Glück! Die Mutter war geschützt von ihrem Kleinen!«

Verbannung im Wald

Wenn Papa mich wie Rām
schickte in den tiefen Wald,
glaubst du wirklich,
ich käme nicht zurecht?
Wie viele Tage haben vierzehn Jahre?
Mama, das weiß ich nicht genau.
Auch nicht, ob der *daṇḍak*-Wald
vom Feld aus rechts liegt oder links.
Doch komme ich schon hin,
davor hab ich keine Angst –
aber ich verlange,
          daß Bruder Lakshman
bei mir bleibt solange.

Inmitten des Waldes im Schatten der Bäume
würd ich eine Hütte bauen.
An ihr vorbei da strömt ein Fluß
mit einer Sandbank mittendrin.
Schau, da liegt ein kleiner Kahn,
mit dem ich ans andre Ufer fahre.
Auf den Weiden seh ich Rehe äsen,
sie kommen auf mich zugesprungen!
Mit eignen Händen würd ich ihnen
Laub zu fressen geben –
aber ich verlange,
          daß Bruder Lakshman
bei mir bleibt solange.

Die vielen Bäume quellen über
mit so vielen Blüten,

Girlanden würd ich knüpfen und steckte sie
in mein hochgetürmtes Haar.
Früchte in so vielen Formen und Farben
fallen reif hinab zur Erde.
Hoch häufte ich den Korb
und würde sie im Hause horten.
Und wenn wir Brüder Hunger haben,
essen wir auf Lotusblättern –
aber ich verlange,
          daß Bruder Lakshman
bei mir bleibt solange.

Am Mittag sitz ich unterm Feigenbaum
im Gras und spiele wie ein Hirte
auf der Flöte leise vor mich hin.
Auf den Ästen sitzen Pfauen,
weit herab hängt ihr Gefieder.
Eichhörnchen flitzen, den Schwanz
erhoben, von einem Ast zum andern …
Auf einmal fallen in der Mittagshitze
meine Augen zu, und ich nick ein.
Aber ich verlange,
          daß Bruder Lakshman
bei mir bleibt solange.

Abends raffe ich zusammen
die Zweige und die Blätter,
ich setze mich am Waldrand hin,
und mache mir ein Feuer.
Die Vögel kehren heim zu ihren Nestern,
in der Ferne bellt ein Fuchs.
Durch die Zweige schimmert
still der Abendstern.

Ich denke an die Mutter
mitten in der Nacht –
aber ich verlange,
          daß Bruder Lakshman
bei mir bleibt solange.

Im Wald da wohnen die Rishis,
wie Opa so alt sind sie.
Ehrfürchtig berühr ich die Füße
und lausche ihren Geschichten.
Angst vor Dämonen hab ich nicht,
denn Freund Guhak wird mich schützen.
Rāvan könnte mir nichts antun, Mama,
denn ich hab doch keine Sītā.
Freund Hanuman geb ich mit Sorgfalt
Reis und Milch zu essen –
aber ich verlange,
          daß Bruder Lakshman
bei mir bleibt solange.

Mama, warum schenkst du mir nicht
einen kleinen Bruder noch dazu?
Dann könnten wir gemeinsam
durch die Wälder streifen!
Lehre, Mama, mich die Lieder
in den Dramen über Rāma.
Knüpfe meine Haare fest auf meinen Kopf,
gib dazu mir Pfeil und Bogen.
Kommt die Regenzeit, dann wandre ich
nach Chitrakūt hinauf, hoch in die Berge –
aber ich verlange,
          daß Bruder Lakshman
bei mir bleibt solange.

Schlechter Ruf

Warum hast du Tränen in den Augen, mein Kind?
Was haben die Leute dir gesagt?
        Sag's mir geschwind!
Geschrieben hast du und dabei die Tinte
über Mund und Hände geschmiert?
Ein Schmutzfink, schimpfen sie, sollst du sein?
    Pfui, pfui, das ist gemein!
Wenn wir die Flecken im Vollmond erkennen,
werden wir ihn künftig also »schmutzig« nennen?

Mein Kind, jeder hat an dir was auszusetzen.
Alle wollen dich
    mit ihrer Laune verletzen.
Kehrst du von deinen Spielen
mit zerrissnem Hemd zurück,
sagen sie, du seist ein garstig Bürschlein?
    Pfui, pfui, das darf nicht sein.
Wenn die Sonne durch zerrissne Wolken lacht,
hat das den Morgen denn garstig gemacht?

Hör nicht hin, wenn Menschen dir was sagen.
Auch wenn sie sich
    noch so schwer beklagen.
Du liebst was Süßes,
darum nennen dich alle zu Hause
»gierig« und beschweren sich?
    Pfui, pfui – das ist fürchterlich!
Die ihre Liebe zu dir bekennen,
soll ich die auch »gierig« nennen?

Die Liebe zur Mutter

Die Wesen in den Wolken, sie rufen mich,
Mama, sie rufen mich herbei, unaufhörlich.
Sie sagen: »Wir spielen unser Spiel behände
von morgens früh bis mittags, bis zum Tagesende,
Goldne Spiele spielen wir am Morgen, wenn die Sonne lacht,
Silberspiele, wenn wir dem Mond nachjagen in der Nacht.«
Ich frage sie: »Sagt mir, wie ich zu euch kommen kann.«
Sie sagen: »Geh bis ans Ende der Felder heran,
dort bleib stehen mit ausgestreckter Hand.
Wir nehmen dich auf ins Wolkenland.«
Ich sage: »Aber Mama wartet voll Sehnsucht ganz allein,
wird sie ohne mich glücklich sein?
Wie kann ich sie verlassen, um bei euch zu sein?« –
Sie hören's, Mama, und lachen und fliegen weiter.
Statt dessen, Mama, will ich selbst die Wolke werden,
du aber wirst mein Mond.
Mit beiden Armen werd ich dich umhüllen,
bis zum Himmel wollen wir die Welt ausfüllen.

Die Wesen in den Wellen, sie rufen mich,
Mama, sie rufen mich herbei, unaufhörlich.
Sie sagen: »Wir singen unsre Lieder,
vom Morgen bis zum Abend immer wieder.«
Sie sagen: »Wir reisen, Bruder, zu einem Land,
dessen Adresse ist keinem bekannt.«
Ich frage sie: »Sagt mir, wie ich zu euch kommen kann.«
Sie sagen: »Geh bis ans Ende der Küste heran,
schließ dort die Augen und warte unverwandt.
Wir nehmen dich mit ins Wellenland.«
Ich sage: »Aber Mama wartet voll Sehnsucht ganz allein.

Abends ruft sie meinen Namen: ›Wo mag er sein?‹
Wie kann ich sie verlassen, um bei euch zu sein?« –
Sie hören's, Mama, und lachen und rollen weiter.
Statt dessen, Mama, will ich selbst die Welle werden,
du aber wirst ein weit entferntes Land.
Ich werfe mich in deinen Schoß,
und alle fragen: »Wo sind die beiden bloß?«

Der Sternkundige

Ich habe bloß gefragt:
»Schau, wenn der Abend sich senkt,
und der Vollmond in den Zweigen
des *kadam*-Baumes hängt,
glaubst du, jemand kann ihn greifen
und in unsern Garten schleifen?«
Warum lacht mein Bruder dann
und sagt: »Mein Kleiner,
so dumm wie du ist sonst keiner.
Der Mond ist doch so weit, so weit.
Wer ihn fangen will, ist nicht gescheit.«
Ich sage: »Bruder, du hast
wirklich nichts verstanden.
Von dem offnen Fenster her
lacht uns Mama häufig an.
Sagst du dann, sie wohne weit von uns,
wo man sie nicht fassen kann?«
Dennoch sagt mein Bruder nur: »Mein Kleiner,
so dumm wie du ist sonst keiner.«

Mein Bruder sagt: »Woher willst du holen
eine Schlinge so riesengroß?«
Ich sage: »Bruder, warum?
Der Mond ist doch sooo klein!
Mit diesen beiden Fäusten
fange ich bequem ihn ein.«
Warum lacht darauf mein Bruder
und sagt mir: »Mein Kleiner,
so dumm wie du ist sonst keiner.
Käme der Mond ganz nah heran,

wie groß er ist, das sähst du dann.«
Ich sage: »Lernt ihr in eurem Unterricht
solche dummen Sachen?
Wird denn unser Mutter Angesicht
so gewaltig groß, wenn
sie sich beugt zu uns nieder,
um uns zu küssen immer wieder?«
Dennoch sagt mein Bruder nur: »Mein Kleiner,
so dumm wie du ist sonst keiner.«

Geh allein voran!

Kommt keiner, wenn du rufst –
so gehe allein voran!
Geh allein, geh allein, geh allein voran!

Glückloser, redet keiner mit dir,
kehrt sich jeder von dir ab,
weil alle sich fürchten –
so öffne dein Herz
und sprich mutig aus, was du denkst – allein.

Glückloser, kehrt jeder zurück,
blickt keiner sich um nach dir auf schwierigen Wegen –
so laß die Dornen dornig sein
und nimm das Blut an den Füßen in Kauf.

Glückloser, hält keiner dir ein Licht empor,
läßt keiner dich in stürmischer Regennacht ins Haus –
so entzünde am Blitz und Donner deine Brust
und geh allein voran!

Die heilige Zeit

Höre Mutter,
des Königs liebster Sohn wird heute
an meinem Fenster vorübergehen.
Darum kann ich heut im Haus
nicht meine Arbeit versehen.
Sag mir, welche Kleider soll ich tragen?
Wie heut meine Haare stecken?
Mit welchem Stil und welcher Farbe
der Menschen Neugier wecken?

Sage Mutter,
was ist dir geschehen? Warum schaust du
mit erstaunten Augen auf mich?
Am Fenster werd ich auf ihn warten,
hinaufschaun wird er nicht, das weiß ich.
Im Nu wird er vorbeigegangen sein
und in sein fernes Schloß abreisen.
Vom Feld her wird nur eine Flöte spielen
ihre sehnsüchtigen Weisen.

Doch des Königs liebster Sohn wird heute
an meinem Fenster vorübergehen.
Wie könnt ich, ungeschmückt, nur einen einz'gen Augenblick
vor ihm bestehen?

Verzicht

Höre Mutter,
des Königs liebster Sohn ist
an meinem Fenster vorübergegangen.
In der goldnen Spitze seiner Kutsche
hat sich das Morgenrot gefangen.
Als ich den Schleier vom Fenster fallen ließ,
da sah ich ihn den einen Augenblick, nur diesen einen.
In den Staub vor seinen Wagen warf ich
meine Kette aus Edelsteinen.

Sage Mutter,
was ist dir geschehen? Warum schaust du denn
erstaunt mich an?
Das vom Hals gerissene Juwel hob er nicht auf,
zermalmt hat es die Kutsche dann.
Vor dem Haus sind nur der Räder Spuren
zu erkennen.
Was ich gegeben und wem, das weiß
nur noch der Staub zu nennen.

Doch des Königs liebster Sohn ist heute
an meinem Fenster vorübergegangen.
Hätt ich mein Herzjuwel nicht weggeschenkt,
wie hätt ich stillen können mein Verlangen?

Der rotbraune Pfad am Rand des Dorfes

Dieser rotbraune Pfad am Rand des Dorfes –
wie er meine Seele befreit!
Mit Staub geschmückt, fliegt sie
aufwärts! Unendlich weit.

O, sie drängt mich aus meinem Haus
Schritt für Schritt für Schritt hinaus.
Was reißt mich von hier fort?
Was trägt mich – an welchen Ort?
An welcher Biegung werd ich was für Schätze sehen?
Und welche Gefahren bestehen?
Wo führt dieser Weg mich hin?
Weder Ende kenn ich, noch Beginn.

Sonne, Mond und Sterne liegen dir zu Füßen

In deiner goldnen Schale wirst du heut
die Tränen meines Kummers finden.
Zu einer Perlenkette werd ich sie,
Mutter, dir zusammenbinden.
Sonne, Mond und Sterne liegen dir zu Füßen
wie ein Blumenband.
Um deinen Hals hängt glänzend schön
meines Kummers Unterpfand.

Geld und Korn, alles ist doch deins.
Was willst du damit tun?
Schenkst du alles her, so gib es mir,
brauchst du mehr, so geb ich's dir.
Kummer ist mein täglich' Brot.
Du kennst, die wahre Liebe zu dir hegen;
meine Liebe mache dir darum zu eigen.
Das macht mich stolz, das ist mein Segen.

O Steuermann, wer bist du?

Ins glänzend weiße Segel bläst
ein Wind – so milde, so lieblich.
Niemals, nie hab ich gesehen,
ein Boot, das gleitet – so frei, so wunderlich.
Von welcher Meeresküste trägt es
welch ferne Schätze herbei?
Immer weiter treibt mein Denken, mein Empfinden;
an dieser Küste will ich niederwerfen
all mein Suchen, all mein Finden.

Hinter mir stürzen rauschend die Wellen,
es strudelt und sprudelt die Gischt.
Aus den zerrissnen Wolken fallen die Morgenstrahlen
auf mein Gesicht.
O Steuermann, wer bist du? Wem
schenkst du dein Lachen, dein Weinen?
Das drückt auf meine Seele.
Welche Melodie läßt du ertönen,
welcher Zauber steigt aus deiner Kehle?

Du wohnst in uns

Eine erhaben-große Melodie bedrängt die Welt,
ein Freudenlied zu singen.
Wann wird dies Lied mich tief ergreifen,
wann im Herzen klingen?

Wind und Wasser, Licht und Himmel,
wann kann ich je mit Liebe sagen: Ihr seid mein?
In meines Herzens Kammer werden sie
in vielen Gestalten versammelt sein.

Wenn sich meine Augen öffnen,
wie glücklich wird meine Seele sein.
Wo ich auch wandle, leben alle Menschen
in des Friedens Schein.

Du wohnst in uns! – Wann wird dies Wort
zu glauben mir im tiefsten Wesen gelingen?
Wann wird von selbst dein Name
in allen Werken schwingen?

Brich meine Furcht!

Brich meine Furcht, die Furcht in mir zerbrich!
Deine Augen kehre wieder auf mich.
Selbst aus der Nähe kenn ich dich nicht.
Von welcher Seite, sag, soll ich dich schauen?
Spötter du, du nimmst mein Herz gefangen,
ich aber will nur deinen güt'gen Blick empfangen.

Sprich ein Wort mit mir, o sprich!
Rühre meinen Körper an, berühre mich.
Streck aus die rechte Hand
und heb mich auf, ich bitte dich.
Was ich weiß – nichts als Tand.
Was ich will – alles Unverstand.
Mein Lachen, mein Weinen – alles Heuchelei!
Meine Falschheit schlag in mir entzwei!

Du kommst nie an

Warum bewachen, was vergangen ist?
    Wie lang soll ich noch bleiben?
Nachts, Herr, kann ich nicht mehr wachen,
    mit Sorgen mir die Zeit vertreiben.
        Meine Tür halt ich verschlossen
        bei Nacht und bei Tag.
        Wer kommen will, den weis' ich furchtsam ab,
            so oft ich es vermag.

Drum kommt niemand mehr zu mir,
  allein bin ich in meiner Klause.
Fröhlich spielt und singt die Welt
    da draußen vor dem Hause.
        Selbst du findest nicht den Weg zu mir,
        du kommst und kommst, doch kommst nie an.
        Was ich behalten will, das bleibt mir nicht,
            das wird zu Staub, das rinnt hinan.

Mein Leben atmet Hoffnung

Dies befleckte Kleid, ich will es von mir werfen,
sofort muß das geschehn –
dies mein beflecktes Ich.
Des Tages Staub hat es bedeckt,
die Makel häufen sich.
Der Schmutz dringt tief,
unerträglich ist er.
Dies mein beflecktes Ich.

Die Arbeit ist getan,
der Abend naht.
Die Zeit ist da: Er kommt.
Mein Leben atmet Hoffnung.

Komm, nimm sogleich dein Bad
und kleide dich in reiner Liebe.
Winde einen Kranz mit diesen Blumen,
gepflückt vom abendlichen Wald.
Komm, eile, die Zeit vergeht, vergeht so bald.

Du Licht vom Licht

Überflute Licht mit Lichterfülle,
und du erschienst, du Licht vom Licht.
Das Schwarz vor meinen Augen ist gefallen,
ich seh es nicht.
Im Himmel, auf der Erde, überall
erklingt des Glückes Widerhall.
Wohin sich meine Augen wenden:
Alles liegt in deinen Händen.

Dein Licht auf der Bäume Blätter
ruft sie tanzend ins Leben.
Dein Licht auf der Vögel Nester
kann ihnen Stimme geben.
Dein Licht, das liebe Licht,
es fiel auf mich
und streichelt' mein Herz,
mein Herz so inniglich.

Wie der Staub deiner Füße

Vor deinem Thron verharre ich, lang ausgestreckt,
ich werde wie der Staub, der deine Füße bedeckt.
  Warum hältst du mich fern von dir durch deine Ehre?
  Niemals wirst du mich so kennenlernen.
    Halte mich voll Demut in deiner Füße Schatten versteckt.
    Ich werde wie der Staub, der deine Füße bedeckt.

Ich will am Schluß des Pilgerzuges gehen,
ich werde auf dem letzten Platz bestehen.
  Deinen Segen zu empfangen, strömen so viele in Scharen,
  doch ich will nichts, ich will nur dich betrachten.
    Ich nehme bloß, was übrig ist, was unnütz und befleckt.
    Ich werde wie der Staub, der deine Füße bedeckt.

Die Melodie der Ewigkeit

Ich tauche ein ins Meer der Vielfalt,
um den Juwel des Jenseits zu fangen.
Mit meinem lecken Boot kann ich nicht mehr
von Ort zu Ort gelangen.

Die Zeit ist nun gekommen,
dem Ansturm der Wellen standzuhalten.
Ich sinke tief in den Nektar des Lebens;
im Sterben werde ich die Ewigkeit gestalten.

Wo kein Ohr die Lieder hören kann,
Lieder, die ewige Zeiten klingen,
dieser Versammlung werde ich
die Vīnā meiner Seele bringen.

Ich schlage an die Melodie der Ewigkeit
und beginne zu weinen.
Meine schweigende Vīnā lege ich
zu Füßen des ewig-schweigenden Einen.

Sie erschien in stummer Nacht

Sie kam und setzte sich an meine Seite.
Dennoch bin ich nicht erwacht.
So tief bin ich unselig' Wesen
im Schlaf versunken gewesen!
Sie erschien in stummer Nacht
mit einer Vīnā in der Hand.
Mitten im Traume spielte sie
eine tiefe Melodie.

Aufgewacht, spür ich den südlichen Wind
– und bin tief erregt.
Der Duft, der mich umströmt,
hat schwer sich auf das Dunkel gelegt.
Warum, warum verfliegt meine Nacht?
Greifen könnt ich sie! Doch bleibt sie unbegreiflich.
Warum, ach! hat ihr Kranz mich nicht berührt?
Ich wollt', ich hätte ihn auf meiner Brust gespürt.

Sonne und Tautropfen

»Sonne, wer außer dem Himmel vermag dich zu fassen?
In meinen Träumen kann ich dich schauen,
    doch dir zu dienen ist mir nicht möglich« –
        spricht weinend der Tau.
»O Sonne, dich zu binden in mir, liegt nicht in meiner Macht.
    Verglichen mit dir, ist mein Leben
        winzig wie eine Träne.«

»In unendlichen Strahlen schenke ich der Erde mein Licht.
Dennoch laß ich in einem Tropfen Tau mich fangen,
    und neige mich gütig dir zu« –
        spricht lächelnd die Sonne.
»So klein werd ich mich machen,
    daß ich ganz in dir mich löse.
    Dein winzig' Leben aber will ich riesig dehnen
        mit deinem ewig leuchtenden Lächeln.«

Das furchtbare Rätsel der Welt

Ich bin wie ein Punkt, du Innewohner,
ich bin in der Mitte der Welt. »Ich bin« –
dieser Worte eingedenk, wird mein Geist fiebrig
kraft ihrer Erhabenheit. Mein Herz verstummt
unter dem Gewicht dieses furchtbaren Rätsels.
»Ich bin« und »Es ist« – diese Enigma ohne Beginn und Ende,
wen soll ich nach ihrer Bedeutung fragen?
Der Weise sagte darum: »In diesem Universum gibt es
nichts als das Eine.«
Die Menschen verwerfen die überwältigenden Geheimnisse
des Seins und vermischen sie zur Unkenntlichkeit.
Einzig du kennst in dieser Welt
dies Ur-Geheimnis des Seins. –
Dichter bin ich, allzeit werde ich dies
in Demut beteuern und meinen Geist immerzu
mit dem Zauber der ganzen Welt erfüllen.

Du hast meinen Geist in Brand gesteckt

Das junge Reisfeld sieht aus,
als habest du grünen Nektar ausgegossen.
Ebenso ist in mein Herz
unendliche Schönheit geflossen.

Schau, wie auf die dunklen Wolken
dein tiefes Leuchten fällt;
ebenso hast du auf mein Herz
deine Füße gestellt.

Dein Schmerz ergießt sich
im Frühlingswinde;
ebenso steigt in mir die Sehnsucht auf,
daß ich keine Ruhe finde.

Dein grelles Licht hat
das Feuer des Blitzes geweckt;
ebenso hast du mit deiner Glut
meinen Geist in Brand gesteckt.

Ich bin allein

Abend ist's, ich bin allein,
in Strömen fallen meine Tränen.
    O Freund, kann es sein,
    daß ich weine, nur ich?
Nein, auch deine Augen füllen sich.

Dir gehört tausendundein Stern,
in deren Mitte wohnst du, fern von mir, so fern.
    Das kann ich nicht ertragen, niemals, nie.
    Ich hoffe, daß ich dich zu mir herunterzieh.
Denn bin ich allein,   wirst auch du es sein.

In Gottes Netz verstrickt

Dein Netz hält diese ganze Welt gefangen;
    wie kann ich je entkommen?
Halb bin ich schon darin verstrickt,
    halb hoff' ich noch, daß mir die Freiheit glückt.
Warum vergeß ich mich und öffne
immer wieder mein Herz, wenn ich's doch
    immer wieder schließen muß?
Halb bin ich schon darin verstrickt,
    halb hoff' ich noch, daß mir die Freiheit glückt.

Außen mag ich eine Schale haben,
    wie die einer Auster so hart.
Doch im Innern findest du meine Tränen,
    so kostbar wie Perlen.
Im Herzen wende ich mich zu dir hin
und blicke unverwandt auf dich.
    Warum öffnen meine Augen sich nicht weit, ganz weit?
Halb bin ich schon darin verstrickt,
    halb hoff' ich noch, daß mir die Freiheit glückt.

Geschenk

O Liebling, welche Gabe
soll ich dir schenken
so früh am Tage?
Einen Morgengesang?
In der Sonne heißem Gang
welkt wie eine Blume der Morgen.
Erschöpfte Lieder
schweigen wieder.

O Freund, was willst du an meiner Tür
so spät am Tage?
Was soll ich dir bringen?
Ein Abendlicht?
Die Lampe, die heimlich
im Winkel des stillen Hauses brennt?
Damit willst du unter die Menge gehen?
Ach, laß sein,
der Wind löscht den Schein.

Was in meiner Macht ist zu geben,
seien es Blumen oder Ketten aus Gold,
warum willst du ihren schweren Genuß
annehmen, wenn
einmal später
alles dürr und fahl werden muß?
Was ich in deine Hände lege, rollt
von deinen Fingern sorglos in den Staub,
wo es liegenbleibt, vergessen
und zuletzt in Staub
zerfällt.

Laß dich lieber
in Mußestunden,
wenn du sinnend durch meinen Frühlingsgarten gehst,
von einem unbekannten, heimlichen Duft
entzücken
– und verwundert hältst du ein:
Dies Geschenk, das dich vom Weg gebracht,
das ist doch dein.
Und während du unter Bäumen wanderst,
überrascht dich
plötzlich die Schau –
wie vom dunklen Haar des Abends
zitternd gleitet ein roter Schein
und deine Träume verwandelt zu hellwachem Glück.
Dies Licht, die unerklärliche Gabe,
die ist doch dein.

Meine größten Schätze, die sind
nur Glanz und Flitter,
einmal erschienen, schwinden sie im Nu.
Unerkannt blenden sie hastig den Pilger –
mit klingenden Füßen eilen sie fort.
Wohin sie eilen, ich weiß es nicht –
dort reicht keine Hand hin, kein Wort.
Freund, was du von dort empfängst,
frei,
unbegehrt und unerkannt, diese Gabe allein
ist doch dein.
Gering ist, was ich dir geben kann –
eine Blume vielleicht, vielleicht einen Gesang.

Wie sehr hab ich die Welt geliebt

Wie sehr hab ich die Welt geliebt,
mit jedem Leben neu und immer wieder.
Ich halte sie umfangen mit meinem ganzen Leben.
Morgen und Abend,
Licht und Dunkel
fließen in meinem Bewußtsein zusammen.
Endlich
sind heute mein Leben und meine Erde
eins geworden.
So sehr liebt' ich das Licht der Welt,
genauso liebe ich mein eignes Leben.

Doch muß ich auch sterben, das weiß ich.
Einst wird mein Wort
der Wind nicht mehr verbreiten,
meine Augen nicht plündern dies Licht,
mein Herz nicht mehr lauschen
der feurigen Botschaft des Morgenrots.
In mein Ohr
wispert die Nacht nie mehr ihre geheimen Versprechen.
Der letzte Blick, das letzte Wort, sie müssen endlich enden.

Wie mein tiefstes Begehren
wahr ist und echt,
so ist mein tiefstes Entsagen
aufrecht und fest.
In beider Mitte jedoch herrscht eine heimliche Einheit.
Wie könnte sonst
das All eine so entsetzliche Spannung
so lange Zeit so heiter ertragen.

Sein ganzes Licht
wär' schwarz geworden wie eine Blüte,
wenn sie, zerfressen von Käfern, zerbricht.

Erfüllung

In regloser Nacht
hab ich gewacht,
als – meine Gefühle aufgewühlt,
naß meine Augen –
du dein Haupt neigst
und meine Hände küßt
und sagst: »Gehst du weit von mir
in diese endlos ferne Weite,
zerfällt meine Welt und
wird wie eine Wüste so dürr.
Eine Erschöpfung, ungeheuer
wie der öde Himmel
saugt meinen Frieden
aus mir heraus.«
Freudlos-starrer Kummer
erfaßte mich,
ein Tod, schlimmer als der Tod.

Darauf legte ich dein Haupt
auf meine Brust und flüsterte:
»Gehst du weit weg von hier,
wird ewig deine Melodie
wie Schmerzensblitze
in meinen Liedern lodern
und meinen Geist blenden
mit ihrem Licht.
Die Trennung wird an allen Tagen
mein Herz, meine Sinne
mit Unruhe plagen.
Du wirst mich, Liebling,

gehst du weit weg von hier,
finden in deinem Herzen
ganz tief.
In meinem Leben wird
sich vollenden
dein Recht auf mich.«

Diesem Zwiegespräch
lauschten die Sieben Weisen.
Unserer Botschaften Hauch
wehte durch die Blumenhaine.
Danach erschienen leise, sanft
Trennung und Tod.
Kein Sehen mehr, kein Hören, kein Berühren;
kein Wort steigt aus dem Unendlichen.
Doch niemals ist Leere wirklich leer,
schwer von Schmerz ist sie,
mit dampfendem Atem füllt er den Himmel.
Von selbst entsteigen dem Feuer
leuchtende Lieder, mit denen ich
ein Reich der Träume schaffe.

Viele Kinder kommen
im Hof des Tempels zusammen.
Gott vergißt die Priester,
er schaut auf die Spiele der Kinder.

Sorgen, vom Tageslicht bestrahlt,
sind wortlos.
Nachts brennen ihre tausend Sterne
hell und groß.

Die Rose schaute zur Morgensonne,
und ihre Knospe brach auf.
»Ich will dich nie vergessen«, sagt' sie
und fiel herab – verblüht.

Verschämt liebt der Waldesschatten
das Licht.
Das erzählen die Blätter den Blumen;
die lachen übers ganze Gesicht.

Ihr unzähmbares Verlangen zu fliegen
können die Berge nur stillen,
wenn sie in Gestalt von Wolken
schweifen.

Trennung

Als die Nacht vorüber war,
standest du an meinem Tor.
Als du Abschied nahmst,
    habe ich geschenkt dir jeden Gesang,
                        der mir je gelang.
Lächelnd hast du in meine Hand
zur Trennung deine Flöte gelegt.
Da erhebt sich vom nächsten Tage,
    im Frühling und Herbst,
    am Himmel und im Wind,
                        laut eine Klage.
    Weinend wandert ein Flötenklang
    auf der Suche nach seinem Gesang.

Sabalā

Warum gibst du der Frau ihr Schicksal
nicht in ihre eigenen Hände,
auf daß sie ihre Erfüllung finde, mein Gott?
Warum muß ich mit gesenktem Kopf
am Straßenrand wachen,
schwere Erschöpfung erduldend,
um zu hoffen, daß sich das Schicksal
am vorbestimmten Tage erfülle?

Soll ich immer ins Leere blicken?
Warum darf ich nicht selbst den Weg,
der einzig mir eignet, erfahren?
Warum darf ich nicht selbst das Gefährt
meiner Lebenssuche mit Seelenfeuer vorwärtstreiben,
und seine störrischen Pferde bändigen mit festem Zügel?
Warum soll ich nicht mit unbesiegbarem Mut
von meiner uneinnehmbaren Burg
den Reichtum meiner Mühen
mit dem Einsatz meines Lebens ernten?

Mein Brautgemach werde ich nicht
im Hochzeitsgewand und
klingenden Brautschmuck betreten.
Mache mich furchtlos in der Kraft der Liebe.
Aus der Hand eines tatkräftigen Mannes werde ich einst
die Hochzeitsgirlande empfangen.
Diese gottgeweihte Zeit möge nicht vergehen
in einer blaß erleuchteten Abendstunde.
Doch werde ich ihn niemals meine glühende Strenge
vergessen lassen.

Unterwürfige Dienstbarkeit ist
seiner Würde nicht angemessen,
darum werf ich ab die Masken
der Schwäche und Scham.

Ich werde ihn am Strand des aufgewühlten Meeres treffen.
Die schäumenden Wogen werden
den Siegesdonner unserer Verbindung
bis zur Wölbung des Himmels schleudern.
Den Schleier werde ich vom Gesicht reißen
und sagen: »Auf der Erde und im Himmel
bist einzig du mein.«
Die Meeresvögel werden kreischen
und gegen den Westwind kämpfen
und im Schein der Sieben Weisen ihre Pfade suchen.

O Gott, laß mich nicht wortlos bleiben!
Eine zornige Vīnā erwacht in meinem Blut.
Wenn ich den größten Augenblick meines Lebens
erklommen habe, möge dann mein kostbarstes Wort
ungehindert aus meiner Kehle strömen.
Was meine Worte nicht offenbaren konnten,
das möge mein Geliebter in seinem Herzen verstehen.
Ist meine Zeit vorbei,
möge jener Strom im reglosen Meer des Schweigens
Ruhe finden.

Noch ein Tag

Deutlich erwacht in mir die Zeit,
als ich vor dreißig Jahren,
– gerade fünfundzwanzig – eine Zeitlang
in dieser Gegend wohnte, in diesem Gartenhaus.
Als am Tagesende die Sonne
dort hinter den Kiefernästen am Berge sank,
ruhten auf den blauen, wolkenumhangenen Gipfeln
feuerrote Strahlen,
lagen lange Schatten auf allen Hügeln und Bäumen.
Vor mir jener Kieselsteinweg, auf dem ich Tag für Tag
den Schritt unseres Briefträgers erkannte.
Monat für Monat verging, doch
nicht einen Tag fehlte er.

Auch heute sinkt die Sonne am selben Ort,
am Ende des Kiefernhains
in weiter Ferne am Fuß des Berges,
während im Abendschatten der niederschießende Wasserfall
seinen Takt schlägt.
Genauso wie damals leuchten
Stern um Stern
und künden vertraulich wispernd die Botschaften des Lichts
von Berg zu Berg.
Doch auf meinem Kieselsteinweg wird
dieser altbekannte Schritt des Briefträgers
niemals, nicht einmal mehr, zu hören sein.

Dennoch erwachte heute in mir eine vage Hoffnung ...
Auf meinen Spaziergängen bin ich, ohne rechten Grund,
bei dem drei Meilen entfernten Postamt vorbeigekommen.

Zwanzig Minuten bin ich hin und her gelaufen,
voll inneren Zwiespalts,
und habe dann den Postmeister gefragt:
»Ist ein Brief für mich gekommen?«
Die Antwort war: »Nein, da ist nichts.«
Mit hängendem Kopf, nachdenklich und zögernd,
bin ich im Dunkeln in mein leeres Haus zurückgekehrt.
Dann hörte ich, wie mit dünner Stimme ein Unbekannter
zu einem andern sagte: »Komme morgen auf keinen Fall zu spät.«
Den Rest der Geschichte umhüllte das Dunkel.
Im Nu
riß ein schwerer Schmerz die Vergangenheit,
als ich fünfundzwanzig war,
wieder auf,
jene Vergangenheit, als der Abendstern blinkte
über den fernen Bergen
zum Laut der Schritte des Briefträgers auf dem Kieselsteinweg.

Briefe schreiben

Du hast mir einen Füllfederhalter mit Goldspitze gegeben,
und dazu so viele Sachen zum Schreiben –
einen kleinen Schreibtisch,
gefertigt aus Walnußholz,
Briefpapier verschiedener Größe.
Einen Brieföffner aus Silber mit Emaillegriff.
Schere, Messer, Siegellack und rote Gummibänder,
einen Briefbeschwerer aus Glas,
Buntstifte – rote, blaue, grüne.
Du hast mir gesagt, ich solle dir schreiben,
jeden zweiten Tag.

Ich habe mich hingesetzt, um einen Brief zu schreiben,
habe am frühen Morgen sogar schon gebadet.

Ich kann mir einfach nicht vorstellen, was ich dir schreiben soll.
Es gibt nur eine Neuigkeit –
du bist fortgegangen.
Diese Neuigkeit ist dir ja selbst bekannt.
Doch scheint mir,
ganz genau kennst du sie nicht.
Darum meine ich, daß ich dir diese Nachricht mitteilen sollte:
Du bist fortgegangen!
Sooft ich anfange zu schreiben,
fällt mir auf, daß diese Neuigkeit gar nicht so einfach ist.
Ich bin kein Dichter –
Ich kann meine Stimme nicht und meine Blicke nicht
in Worten erwecken.
Ich schreibe viel, ebensoviel zerreiß ich.

Es ist schon zehn Uhr vorbei.
Dein Neffe Baku muß zur Schule gehen.
Ich gebe ihm zu essen und komme wieder.
Zum letzten Mal schreibe ich:
Du bist fortgegangen.
Der Rest ist nicht mehr
als Kritzelei und Geschmiere auf dem Löschpapier.

Plötzliches Treffen

Plötzlich traf ich sie im Zugabteil,
ich hatte es nie für möglich gehalten.

Früher habe ich sie häufig gesehen
im Sari, der rot war
wie die Blüte des Granatapfels;
heute trug sie ein Tuch aus schwarzer Seide,
den Zipfel über den Kopf gelegt
und um das blumenschöne, blaßglänzende Gesicht gewunden.
Mir schien, die schwarze Farbe schuf eine tiefe Entrücktheit
rund um sie,
eine Entrücktheit wie der ferne Rand eines Senfblumenfeldes,
das sich in der Bläue eines *śāl*-Waldes auflöst.
Abrupt stockten meine Gedanken.
Eine Bekannte sah ich unter der Bürde des Unbekannten.

Plötzlich ließ sie die Zeitung sinken
und grüßte mich mit gefalteten Händen.
Der Brauch der Gesellschaft erlaubte mir nun,
daß wir uns unterhielten.
»Wie geht es dir?«, »Was macht die Familie?«
Und so weiter.
Sie blickte weiter aus dem Fenster mit einem Blick,
als wolle sie die Erinnerung an die Tage der Nähe vermeiden.
Knapp, ganz knapp waren ihre Antworten,
wenn sie überhaupt Antwort gab.
Sie sprach mit der Hast ihrer Hände:
Warum diese ganzen Worte?
Besser wär's, einfach zu schweigen.

Ich saß auf einer anderen Bank,
neben ihren Gefährtinnen.
Schließlich winkte sie mich mit dem Finger zu sich.
Ich dachte: Nicht wenig Mut hat sie!
Ich setzte mich auf ihre Bank.

Im Schutz des Zuglärms sprach sie
leise mit mir.
»Verzeih mir,
ich hab nicht so viel Zeit, Zeit zu vergeuden.
Schon an der nächsten Station muß ich raus.
Du fährst weit weg.
Wir werden uns nie wieder sehen.
Die Antwort auf *eine* Frage quält mich,
ich will sie von dir hören.
Du wirst doch ehrlich sein?«

Ich versprach ihr: »Gewiß.«
Hinaus auf den Himmel blickend fragte sie:
»Die Zeit, die vorüber ist,
ist die ganz und gar vergangen?
Bleibt kein kleinster Rest?«
Eine Weile hielt ich inne,
dann sagte ich:
»Die Sterne der Nacht sind
im Licht des Tages versunken.«

Zweifel beschlichen mich;
hatte ich mir das etwa zusammengereimt?
Sie sagte: »Genug. Geh jetzt wieder rüber.«
Alle stiegen an der nächsten Station aus.
Ich fuhr allein weiter.

Tod durch Unfall

Langsam sank die Nachmittagssonne im Westen.
Der Wind wurde schläfrig und legte sich.
Ein Heuwagen rollte durch einsame Felder
zum weit entfernten Markt in Nadiã,
ein Kalb trabte am Strick hinterher.
Nahe der *rājbaṅśī*-Nachbarschaft am Teichrand
saß Pandit Bonomālīs ältester Sohn den ganzen Tag
und warf die Angel aus.
Über den Köpfen zogen schreiend die Wildgänse
von der Landzunge im Fluß
weiter zum *kājlā*-See auf der Suche nach Schnecken.

Am Rand abgeernteter Zuckerrohrfelder
gehen zwei Freunde gemächlich, friedlich
durchs nasse Gras
und atmen die regenreine Waldluft ein.
Sie kamen, um Urlaub zu machen,
da begegnen die beiden sich plötzlich im Dorf.
Einer ist frisch verheiratet –
ihr freudig erregtes Gespräch will nicht enden.
Zu beiden Seiten des gewundenen Dschungelpfads
ist die *bhā̃ṭi*-Blume in Büschen erblüht.
Ihr milder Duft verbreitet den sanften Taumel des Monats *caitra*.
Nicht weit entfernt sitzt auf dem Zweig des *jārul*-Baums eine
Nachtigall
und singt mit eintöniger Wildheit
ihre fiebrige Melodie.

In diesem Augenblick kam ein Telegramm:
Finnland ist zerstört, von sowjetischen Bomben überschüttet.

Krankenlager

Als ich am Morgen aufwachte,
sah ich eine Rose in der Vase.
Die Frage kam mir in den Sinn:
Die Kraft, mit der du diese Schönheit erworben,
nachdem du dich viele Zeitalter hindurch entfaltet hast
und der Tyrannei des Unvollkommnen und Häßlichen
Schritt für Schritt ausgewichen bist,
ist diese Kraft blind, ist sie gedankenlos,
ist sie wie ein Asket, der Entsagung gelobt
und darum schön und häßlich nicht unterscheidet?
Ist einzig zu wissen, einzig stark zu sein ihre Aufgabe,
nicht auch, in der Tiefe zu verstehen?
Manche schlagen vor, beim Hohen Gericht der Schöpfung
hätten Anmut und Ungestalt gleichen Rang,
keine werde abgewiesen.
Ich bin ein Dichter, spekulieren ist meine Sache nicht.
Diese Welt erlebe ich in seiner erfüllten, ureigenen Form.
Abertausend Sterne bewegen sich am Firmament,
angetrieben von ihrer überwältigenden Schönheit;
ihr Rhythmus bricht nie, nie verfehlen ihre Melodien den Ton,
niemals erlahmen sie.
Ich schaue auf den Himmel und sehe, wie sich
die Blütenblätter eines ums andere
zu einer riesengroßen, leuchtenden Rose entfalten.

Genesung I

Hoch oben liegt der blaßblaue, zarte Himmel.
Darunter streckt der Wald seine Arme empor
und opfert schweigend seine grünen Gaben.
Die milde Frühlingssonne hat über die Welt
allseits ein kristallenes Licht gebreitet.
Diese Worte halte ich fest, schwarz auf weiß,
bevor der gleichgültige Maler dies Bild wieder verwischt.

Genesung II

Allein sitze ich am fernsten Fenster der Welt,
im Himmelsblau erkennt das Auge eine Nachricht des Ewigen.
Das Licht erscheint, gemischt mit Schatten,
und weht des *śiriṣ*-Baums grün-liebliche Freundschaft mir zu.
In mir tönt es – es ist nicht mehr fern, nicht mehr fern.
Der Weg verliert sich hinter der sinkenden Sonne.
Stumm stehe ich am Tor der Feierabend-Herberge.
Ein fernes Licht leuchtet von Zeit zu Zeit
auf der Spitze des Tempels, in dem die Wallfahrt endet.
Am Königstor ertönt die Melodie des endenden Tages,
in deren Wandlungen sich alles spiegelt, was schön war im Leben.
Was mein Wesen berührt hat auf dieser langen Reise,
hat mir die Ahnung der Fülle geschenkt.
In mir tönt es – es ist nicht mehr fern, nicht mehr fern.

Genesung III

Frühmorgens sitzt dieser Hund hingebungsvoll
neben meinem Stuhl und bewegt sich nicht,
solange ich mich ihm nicht zuwende
und ihn streichle.
Auf diese geringe Anerkennung hin
schüttelt seinen ganzen Körper ein Freudenstrom.
Von allen stummen Lebewesen hat
nur dieses Geschöpf
Gut und Böse ganz durchschaut
und den gesamten Menschen erkannt.
Es hat mit Freude jenen erkannt,
dem es sein Leben schenken,
dem es seine unergründliche Liebe ausgießen kann.
Sein Bewußtsein weist einen Weg
zum unendlichen Bewußtsein.
Wenn ich sehe, wie dies törichte Herz
seine unermeßliche Hingabe voll Demut offenbart,
ist mir unvorstellbar, welchen Wert es
mit seinem eigenen, schlichten Verstand
im Wesen der Menschen entdeckt hat.
Die milde Sorge seines sprachlosen Blicks
versteht etwas, was er nicht ausdrücken kann,
er gibt mir zu verstehen, was die wahre Bedeutung des Menschen
in der Schöpfung ist.

Ich bin ein Dichter der Erde

Wie wenig kenne ich die Weite dieser Welt.
Zahlreich sind die Städte in zahlreichen Ländern,
so viele Taten der Menschen, so viele Flüsse, Berge,
Meere, Wüsten, Bäume, so viele Lebewesen
sind mir unbekannt geblieben.
Die Welt feiert ein Riesenfest.
Mein Geist aber bleibt in einem Winkel von ihr gefangen.
Die Qual meines Bedauerns treibt mich,
über Reisen zu lesen, ihre Bilder zu betrachten –
alles sammle ich mit Begehr.
Mein karges Wissen fülle ich auf mit
Bettelgaben.

Ich bin ein Dichter der Erde. Wo immer ihr Laut
sich erhebt, soll die Melodie meiner Flöte Antwort blasen.
Doch trotz dieser heiligen Übung habe ich
so viele Appelle versäumt – es bleibt eine Kluft.
In vielen stummen Augenblicken hat jedoch
eine große Harmonie, erahnt und erraten, mein Leben erfüllt.
Die unerreichbaren Schneeberge haben unhörbare Lieder
zum unendlichen, lautlosen Himmel geschickt;
ihre Einladung hat mein Herz erreicht immer wieder.
Der unbekannte Stern über dem Südpol hat
in menschenleerer Einöde die Nacht gelöscht;
sein Leuchten hat sich mitternachts auf meine Augen gelegt
und meinen Schlaf vertrieben.
Der ferne Wasserfall, donnernd und voll, hat seine Stimme
in mein Herz geschüttet.
Dichter aus allen Ländern vereinen ihre Lieder,
die in die Fülle der Natur verströmen.

Dadurch bin ich mit ihnen allen verbunden.
Ich finde sie alle versammelt – Freude ist mein Lohn.
Gewiß ist mir die Gnade von Saraswatī;
der Klang des Alls umfängt mich.
Verborgen in sich selbst, läßt dieser Unerreichbarste
weder in Raum noch Zeit sich messen;
er ist von sich selbst erfüllt.
Nur wenn sein Tiefstes sich verbindet mit einem Tiefsten,
offenbart er sich.
Nicht überall finde ich Zutritt zu ihm,
die Enge meines eigenen Lebens verwehrt ihn mir.
Der Bauer pflügt sein Feld, der Weber webt,
der Fischer wirft sein Netz –
ihre vielfältige Arbeit ist allseits verbreitet,
ihre schwere Würde treibt aller Menschen Leben voran.
Winzig ist die Ecke, in der ich, mit Ruhm geschlagen,
throne, von allen Menschen erhoben.
Manchmal bin ich bis zu den Häusern der Nachbarn gegangen,
doch mir fehlte der Mut, einzutreten.
Leben muß sich mit Leben verbinden,
sonst werden die Lieder erniedrigt
zu künstlicher Ware. Ich nehme darum
die Klage über meiner Lieder Makel an.
Meine Gedichte sind, ich weiß, zwar viele Wege gewandert,
doch haben sie nicht überall Wurzeln geschlagen.
Wer des Bauern Leben teilt und dabei
Werk mit Wort zutiefst vermählt,
wer eng mit der Erde lebt –
dieses Dichters Stimme will ich lauschen.
Was ich dem Freudenfest der Dichtung nicht selbst schenken kann,
danach will ich ewig auf der Suche sein.
Möge dies wahr werden.
Nicht der äußere Anschein soll das Auge belügen.

Wer, ohne das Wahre zu ehren, dem Dichterwort
seinen Ruhm wegstiehlt, der handelt schlecht;
ebensoschlecht, wer gönnerhaft den Arbeiter
zu lieben vorgibt.
Komm, Dichter, unter die einfachen Menschen, die bar jeder
Stimme,
verwandle ihre Schmerzen durch dein Wort.
Fülle dies leblose – liederlose – Land,
diese Wüste der Verachtung und Knechtschaft
mit der Kraft des Lebens!
Des Landes tiefe Quellen:
öffne du, Dichter, ihre Schleusen.
Die eine Saite schlagen, auch sie sollen
Ehre in den Hallen der Dichtung erhalten.
O Meister,
die stumm bleiben im Glück und im Leid,
die gebeugt vor dem Angesicht der Welt verharren,
die nahe leben und doch so fern,
deren Wort will ich hören.
Bleibe ihnen Bruder und Schwester!
Dein Ruhm erleuchte sie!
Dann will ich mein ganzes Leben
dir meine Ehre geben.

Letzte Worte

Vor mir liegt der Ozean des Friedens,
lasse, Fährmann, das Boot zu Wasser.
Du wirst auf ewig mein Begleiter sein,
nimm, o nimm mich auf in deinen Schoß,
über dem endlosen Weg wird leuchten
der Abendstern.

Du Geber der Freiheit, dein Verzeihen, deine Gnade
wird auf der ewig-langen Reise meine ewige Wegzehrung sein.

Mögen die Fesseln der Welt fallen
und die Arme des Kosmos unendlich sich breiten
über meine Seele, damit sie furchtlos erkenne
das Große Unbekannte.

Das Entzücken des Fliegens

Welch ein Entzücken der Vögel, wenn sie
auffliegend in endloser Weite treiben,
während die Flügel ein namenlos' Wort
in den Himmel schreiben.
Wenn sich mein Geist erhebt,
beginnt sein Ton zu schwingen;
im Entzücken des Fliegens allein
kann mein Schreiben gelingen.

Ferner Stolz und nahe Demut

Im fernen Wasser blüht der Lotus,
wer kann ihn pflücken?
Unter aller Füße das dienende Gras
kann jeden beglücken.

Flucht zur Ruhe

Der turbulente Tag bewegt sich
hin zur Nacht.
Die sprudelnde Quelle rinnt und
sucht das Meer.
Im Frühling wartet die Blume ängstlich
auf die Frucht.
So eilen alle rastlosen Dinge
zur ruhigen Fülle.

Der Sieg der Sterne

Die schwarze Wolke bedeckt
die Sterne am Himmel und denkt:
Das ist mein Sieg über sie.
Wo sich die Wolken sammeln,
sie lassen kein Zeichen zurück,
die Sterne aber bleiben
und wandeln sich nie.

Leidenschaft und Schmerz

An beiden Ufern brandet die Leidenschaft
auf und nieder;
in der Mitte des Meers –
tiefe Schmerzenslieder.

Die Wahrheit der Arbeit

Eitle Muße ist so hohl,
Friede wohnt nicht darin.
In der Arbeit, worin Wahrheit lebt,
liegt des Friedens Beginn.

Die Nähe des Schmetterlings

So groß er sein mag, der Regenbogen,
er ist gemalt am Himmel fern.
Ich aber hab die Flügel des Schmetterlings
in meinem Garten gern.

Wahrheitsliebe

Wer die Wahrheit kennt,
will sie stolz in eine Truhe legen.
Wer die Wahrheit liebt,
wird sie demütig im Innern hegen.

Anmerkungen

Die genauen bibliographischen Angaben zu den Büchern, die im Nachwort und den Anmerkungen genannt oder aus denen zitiert wurden, stehen im Literaturverzeichnis am Schluß. Die Anmerkungen geben die Quellen der Gedichte an: Zuerst ist jeweils der bengalische Titel des Gedichts vermerkt, dann der Name des Gedichtbandes sowie das Jahr, in dem der Gedichtband erschienen ist. Handelt es sich um ein Lied, verzeichne ich das Kapitel und die Nummer in Tagores »Gesammelten Liedern« *gītabitān*. Oft wird ein Text sowohl als Gedicht wie auch als Lied geführt; in solchen Fällen sind beide Quellen angegeben. Bei den Gedichten nenne ich als nächstes den Ort in Tagores »Gesammelten Werken« *rabīndra-racanābalī* (abgekürzt *rr*) mit Bandnummer und Seitenzahl. Die bibliographischen Angaben dieser Quellenwerke stehen im Literaturverzeichnis. Falls der Dichter das Gedicht oder Lied mit einem Datum und einer Ortsangabe versehen hat, folgen diese Angaben. Zuletzt kommt die Angabe zum Titel. Ist der deutsche Titel eine direkte Übersetzung des bengalischen, ist eine Erklärung überflüssig; stammt der Titel vom Übersetzer, gebe ich dies an.

Wo es mir angebracht schien, folgen eine knappe Einführung in das Gedicht und ein Zeilenkommentar. Neben inhaltlichen Erklärungen habe ich auch Einblicke in die Werkstatt des Lyrik-Übersetzers gegeben, immer wenn dies dem Verständnis behilflich ist: Mußte ich aus Zwängen, die die lyrische Form vorgibt, gewisse Worte im Original auslassen oder Worte in der Übersetzung hinzufügen, habe ich dies dokumentiert. In manchen Fällen mußte ich mir Freiheiten erlauben; dann unterstütze ich das Verständnis meiner Übersetzung mit einer wörtlichen Wiedergabe des Originals.

S. 11 *barṣār dine* aus *mānasī* (1890), *gītabitān: prem* 248, *rr* 1, 328 f. Datum: Rosebank, Khirki, 3 *jyaiṣṭha* 1889 [= 16. Mai 1889]. [Tagore schrieb das Gedicht in Haus »Rosebank« in Khirki bei Pune, Maharashtra.]
Als der Band *mānasī* erschien, war der Dichter 29 Jahre alt, hatte bereits 25 Bücher, darunter acht Gedichtbände, veröffentlicht und galt als der bedeutendste Lyriker seiner Sprache. Der letzte Gedichtband war vier Jahre zuvor erschienen. *mānasī* enthält zahlreiche Liebesgedichte, die nicht nur das Glück der Liebe, sondern auch den Schmerz, die Ruhelosigkeit und Verzweiflung unglücklicher Liebe evozieren. Berühmt wurde das Gedicht *meghadūta* (Der Wolkenbote), ein Preisgedicht auf das gleichnamige Versepos des klassischen indischen Dichters Kālidāsa. Ein Verliebter schaut den Wolken der Regenzeit nach und bittet sie, wenn sie weiterziehen, seiner Geliebten Botschaften zu schicken.
»An einem Regentag« verbindet das Erlebnis der Natur mit dem der Liebe. Dies ist ein oft wiederkehrender Topos bei Tagore. Der Liebende möchte der Geliebten seine Liebe offenbaren. Es regnet, es ist dunkel, es donnert und blitzt, und der Liebende glaubt, dies sei der rechte Augenblick für eine Liebeserklärung. Wie in Europa der Frühling, so gilt in Indien die Regenzeit als die Zeit der Liebe. Doch kann der Liebende seine Scheu, der Frau die »zwei kleinen Worte« zu sagen, nicht überwinden. Resigniert meint er, nun auf die nächste Regenzeit warten zu müssen.
śrābaṇ bengalischer Monat von Mitte Juli bis Mitte August.

S. 13 *debatār bidāy* aus *caitāli* (1896), *rr* 3, 12 Datum: 14 *caitra* 1302 [= 26.März 1896].
Das Wort *caitāli* heißt »zum Monat *caitra* gehörig«; in der Nebenbedeutung ist es die Reisernte, die im Monat *caitra* (Mitte März bis Mitte April) stattfindet. Tagore schrieb die Gedichte dieses Bandes in diesem Monat.
Drei der vier Gedichte, die ich aus diesem Band ausgewählt habe,

behandeln den Konflikt zwischen dem asketischen und dem »weltlichen« Leben. Askese verlangt, entsprechend der Hindu-Tradition, die Abkehr von der sinnlichen »Welt« und Entsagung des Familienlebens. Das Leben des wandernden Bettelmönchs (*sannyāsī*) und des Einsiedlers (*vānaprastha*) sind die konventionell akzeptierten Weisen, in der Askese und Weltentsagung ausgeübt werden. Tagore hat sich sein Lebens lang gegen Askese und zugunsten eines weltlich erfüllten Lebens ausgesprochen. Er sieht in der Askese eine Mißachtung von Gottes wunderbarer Schöpfung und eine Flucht vor den Aufgaben in der Gesellschaft. In »Ohne philosophisches Wissen« (siehe Gedicht S. 16) wird dies programmatisch verkündet, im vorliegenden Gedicht »Abschied von Gott« und in »Entsagung« (siehe S. 14) ist dieses Programm in eine Geschichte eingekleidet. »Abschied von Gott« kritisiert, daß sich in der entsagenden Lebensweise zu wenig Liebe zu notleidenden Menschen ausdrückt.
Der Besuch Gottes auf der Erde in Menschengestalt ist ein beliebter Topos im Hinduismus, den Tagore häufig aufgegriffen hat. Das Gedicht nimmt die moralischen Aphorismen von *kaṇikā* (siehe S. 17-20) voraus.
Unreiner rituell Unreiner.

S. 14 *bairāgya* aus *caitāli*, *rr* 3, 13. Datum: 14 *caitra* 1302 [= 26. März 1896].
und fest Zusatz.
Täuschung *māyā* – Illusion, Vorspiegelung falscher Tatsachen, Betrug.
Verehrer *bhakta* – Liebhaber Gottes, Vertreter der emotionalen Liebe zu einem persönlichen Gott.
Ich kann es nicht fassen Zusatz.

S. 15 *karma* aus *caitāli*, *rr* 3, 17. Datum: 18 *caitra* 1302 [= 30. März 1896].
In einem Brief gibt Tagore zu, daß ihm selbst diese Begebenheit zugestoßen ist (siehe *rr* 3, 811).
Das Gedicht erhält seine Wirkung durch den alltäglichen Erzählton, obwohl die Begebenheit, die erzählt wird, ungewöhnlich und erschreckend ist. Die kurzen Zeilen sind im Original gereimt.
hochgezogen aus dem Brunnen.
zurückgekehrt von zu Hause.
das Handtuch *gāmchhā* – Dünnes Allzwecktuch; etwa zum Baden, Reinigen, Staubwischen, auch zur Bekleidung um die Hüften oder als Turban gegen die Sonne nützlich.

S. 16 *tattvajñānhīn* aus *caitāli*, *rr* 3, 31. Datum: 27 *caitra* 1302 [= 8. April 1896].
Tagore kontrastiert die Haltung der Innenschau, die typisch für den weltverneinenden Hinduismus ist, mit der eigenen Haltung der Liebe zur sinnenhaft erfahrbaren Welt.
Wahrheit dieser Welt ob die Welt der Phänomene philosophisch »wahr« (*satya*) oder »falsch« (*phāñki*) ist.
Licht des Tags ausgelassen: in der Welt.

S. 17 *rāṣṭranīti* aus *kaṇikā* (1899), *rr* 3, 55. – Dieser Band enthält keine Angaben zum Entstehungsdatum.
Tagore schrieb die Gedichte dieses Bandes auf den Familiengütern in Nordbengalen, am Fluß Padmā. Wie schon der Titel des Bandes (»Kleinigkeiten«) aussagt, sind die Gedichte durchweg knappe philosophische Einfälle. In pointierten Dialogen zwischen personifizierten Naturdingen, zwischen Großem und Kleinem, zwischen Gott und Geschöpf werden Denkgewohnheiten, Gedankenlosigkeit und heuchlerische Vorstellungen entlarvt; sie haben moralisch-aufklärerischen Charakter.

S. 18 *asādhya ceṣṭā* aus *kaṇikā*, *rr* 3, 63.

S. 19 *mahater duhkha* aus *kaṇikā*; *rr* 3, 68.

S. 20 *ek pariṇām* aus *kaṇikā*; *rr* 3, 71.

S. 21 *gānbhaṅga* aus *kāhinī* (1900), *rr* 4, 83 f. Datum: [Im] Boot, Śīlāidaha [Nordbengalen] 24 *āṣāṛ* 1300 [= 7. Juli 1893].
Diese Ballade dokumentiert die Bedeutung, die Tagore der Musik und insbesondere dem Gesang beimißt. Er selbst hat über zweitausend Lieder geschrieben und komponiert. In seinen Liedern war er seinem Volk am nächsten. Die intimsten und rätselhaftesten Gefühle und Visionen vertraute er seinen Liedern an. Sie kamen ihm spontan in den Sinn; sofort sang er sie, meist in Gegenwart anderer, und ließ Text und Melodie aufschreiben.
Für Tagore scheint Gesang die Ursprache gewesen zu sein, die den Gefühlen und Ideen am unmittelbarsten Ausdruck verleihen. Niederschrift des Textes und der Noten, Lyrik, Theater und Prosa sind immer schwächer werdende Derivate dieser Ursprache. Nicht von ungefähr nutzte Tagore in den meisten seiner Theaterstücke Lieder, Tanz und Musik. Einerseits dienten sie zur Auflockerung, andererseits zur dramatischen Raffung und Intensivierung von Handlung und Gefühl.
Diese Ballade erzählt die bedrückende Geschichte des Niedergangs einer Tradition klassischer Vokalmusik. Die klassische nordindische und südindische Liedtradition ist bis heute lebendig. Doch wurde sie zu Tagores Zeit wie heute angegriffen, geringgeschätzt und von populären, raffinierten und effekthaschenden Formen der Musik teilweise verdrängt. Mir scheint jedoch, daß Tagore hier eher den allgemeinen Niedergang von Kultur beschreiben und beklagen will.

William Radice schreibt zu dieser Ballade: »Das wesentliche Ideal dieses Gedichts ist die Gegenseitigkeit der Liebe – der Liebe zwischen Gott und Mensch und der Liebe zwischen den Menschen. Sie wird symbolisiert durch die vollkommene Gleichgestimmtheit, die zwischen Sänger und Zuhörern bestehen sollte [...]. Zwischen Pratāp Rāy und Baraj Lāl ist eine ›Vollkommenheit der menschlichen Beziehung' vorhanden, während sich die Höflinge zur Liebe unfähig zeigen.« (»Selected Poems«, hrsg. von William Radice, S. 133 – Aus dem Englischen von M. K.).

»Der zerbrochene Gesang« beschwört die Bedeutung der klassischen indischen Rāgas und betrauert den Verfall ihrer Wirkung. Die Bezeichnung »Rāga« leitet sich von dem Wort für »Farbe«, »Färbung« ab, was darauf hindeutet, daß jeder Rāga eine bestimmte emotionale Wirkung erzielen soll. Der Rāga besteht aus bestimmten und zwar mindestens fünf Grundtönen und festen Regeln, nach denen er sich entwickelt. Innerhalb dieses Rahmens improvisiert der Instrumentalist oder Sänger, wonach er immer wieder zu den Grundtönen zurückkehrt. In der Fähigkeit, mit diesem Tonmaterial eine Vielzahl von Variationen und überraschenden Kombinationen zu erzeugen, besteht die Meisterschaft des Musikers. Die Emotion, die ein Rāga evoziert und gestaltet, leitet sich aus den wesentlichen Ereignissen des menschlichen Lebens, den Stimmungen der Natur und des kosmischen Kreislaufes ab. Jeder Rāga ist grundsätzlich eine neue Komposition und kann nicht schriftlich fixiert werden. Sie kann fünfzehn Minuten oder zwei Stunden dauern. Es heißt, daß es sechs Grund-Rāgas gibt, aus denen sich jedoch ungezählte weitere Rāgas entwickelt haben.

sieben Töne sā, re, gā, mā, pā, dhā, ni – die indische Oktave.

Bāhā! Bāhā! Ausruf des freudigen Erstaunens.

Holifest das hinduistische Frühlingsfest.

Durgā Muttergöttin. – Hinweis auf das Fest Durgā-Pūjā, das im September/Oktober gefeiert wird. Es heißt, die Göttin wohne im Himālaya. Von den Priestern wird sie zeremoniell gebeten, vom Gebirge zu den Wohnungen der Menschen herabzusteigen und von ihrer Statue geistig Besitz zu ergreifen. Am vierten Tag wird sie ebenso feierlich wieder verabschiedet.

Krishna und Rādhā das göttliche Liebespaar.

die Lieder von Krishna und Rādhā ausgelassen: in dem *bhūpālī-* und *mūltāni*-Rāga.

Ustād eine Bezeichnung für »Meister«, »Lehrer« in den Bereichen der Bildung, der Kunst und Musik. Der Titel wird vor allem muslimischen Meistern verliehen, während Hindus den Titel »Pandit« erhalten.

Tānpurā indisches Saiteninstrument, als Begleitinstrument zum klassischen indischen Musikvortrag von Gesang, Melodieinstrumenten wie Sitār, Sarod oder Sānāi sowie Perkussionsinstrumenten wie Tablā verwendet. Seine vier Saiten sind auf einen Grundton gestimmt und klingen als Bordun (im Ostinato nacheinander gezupft) während des gesamten Musikstückes. Die Saiten der Tānpurā werden auf den Grundton des jeweiligen Rāga gestimmt und symbolisieren den kosmischen Klang, der alles trägt und durchpulst.

gesenkt das Haupt, sang er ausgelassen: den *Yamankalyān*-Rāga.

der Rhythmen Kraft Zusatz: Kraft.

Schultern wörtl. seinen Körper.

ich [...] fall euch zu Füßen eine Demutsgeste.

es bedarf eines Zweiten eines verständnisvollen Zuhörers, des Publikums.

wenn die Blätter zittern ausgelassen: im Hain.

S. 24 *kabir bayas* in *kṣaṇikā* (1900), *rr* 4, 187 f. – Kein Datum. Der Gedichtband *kṣaṇikā* erschien im Jahr 1307 [= 1900], als Tagore 39 Jahre alt war. Vermutlich wurde das Gedicht in der ersten Hälfte von 1900 geschrieben (siehe »Selected Poems«, hrsg. von Sukanta Chaudhuri, S. 397). Tagore war also auch nach damaliger Vorstellung keineswegs alt. Er war groß und kräftig gebaut. Wohl aber waren sein langes Haupthaar und sein Bart frühzeitig ergraut.

Aus dem Kontrast zwischen der Tatsache, im besten Mannesalter zu sein, und seiner Weißhaarigkeit bezieht das Gedicht seine Ironie. Der Dichter ist nicht bereit, sich von der »Welt« zurückzuziehen. Gerade als Dichter empfindet er den Auftrag und den Drang, das Treiben der Menschen zu beschreiben. Nichts davon möchte er versäumen. Das Gedicht bestätigt wieder Tagores Sehnsucht nach der Fülle menschlicher Erfahrungen. *kṣaṇikā* enthält eine Anzahl solcher humorvoller und leichtherziger Gedichte.
meine Knochen Zusatz.
bakul-Baum (*mimusops elengi*) sternförmige, kleine, süß duftende Blüte an einem hochwachsenden Baum.
Vīnā (*bīṇā*) indisches Saiteninstrument; sein Spiel beschreibt häufig Gefühle der Liebe und Sehnsucht.
Scheiterhaufen Eine Leiche ist verbrannt worden, was stets am Ufer eines Flusses geschieht, in den anschließend die Asche gestreut wird.
Asket *griha-tyāgī* – jemand, der sein Haus verlassen hat.
Sieben Weisen Sternzeichen: der große Bär.
in seinen tiefsten Ort in sein Herz.
drei Welten Unterwelt, Erde und Himmel.

S. 26 *naibedya* 17 (1901), *rr* 4, 274, *gītabitān: pūjā* 595. – Kein Datum. Titel vom Übersetzer.
Die Stimmung dieses Bandes ist durchweg religiös. Dieses Gedicht wechselt zwischen melancholischer Entsagung und Einwilligung in die Vergänglichkeit des Lebens. Alles findet sich in Gott wieder. Das wird in der eindrucksvollen Metapher »Werd ich nicht, was zwischen meinen Fingern zerrinnt, / zu deinen Füßen wiedersehen?« dargestellt.
Leid und Wehen wörtl. tiefes Leid.

S. 27 *naibedya* 24, *rr* 4, 278. – Kein Datum. Titel vom Übersetzer.

zählst gütig wörtl. hast angenommen.

innewohnender Gott *antaryāmī* – Gott, der im Menschen lebt und ihn führt. – Ein philosophischer Begriff im Hinduismus, der das göttlich erleuchtete Gewissen und das Unterscheidungsvermögen bezeichnet. Mahātmā Gāndhī nannte es *the still small voice*. Der Begriff hat Ähnlichkeit mit Tagores Vorstellung des *jīban-debatā* oder »Gott des Lebens«, den er einige Jahre zuvor geprägt hatte. In einem Essay schreibt er: »Ich sehe [...], daß eine gewisse [göttliche] Person die Vielfalt aller Freude und allen Leids, aller Licht- und Schattenseiten des Lebens zu einer gemeinsamen Bedeutung vereint hat. Ich weiß nicht, ob ich jederzeit mit dieser Person kooperiert habe, aber sie überwindet stets meine Hindernisse und Gefahren und macht mein Zerbrochenes und Zerstörtes wieder ganz. Und nicht nur das: Während Eigenliebe und Neigungen mein Leben in die Grenzen enger Sinngebungen zwingen, hat [diese Person] immer wieder diese Grenzen für mich ausgeweitet.« (Rabīndranāth Tagore, »Das goldene Boot«, S. 575 f. – Die Übersetzung des Gedichts *jīban-debatā* befindet sich dort auf S. 18 f.) Ebenso vollendet hier der »innewohnende Gott« alles Tun: »Doch als ich am Morgen erwacht', / hast du den Garten zur Fülle gebracht.« (Siehe auch Gedicht S. 58).

geheim und versteckt ausgelassen: in Muße.

Erschöpft auf mein Lager gestreckt, hab ich gedacht Tagore malt die Situation weiter aus; in dieser Zeile ausgelassen: schläfrig; (Lager) der Faulheit.

Doch als ich am Morgen erwacht' ausgelassen: öffnete ich die Augen und sah.

S. 28 *jagat-pārābārer tīre* [erste Zeile] aus *śiśu* (1903), *rr* 5, 5 f. Datum: Ālmorā [Himālaya], 6 *bhādra* 1310 [= 23. August 1903]. – Alle anderen Gedichte von *śiśu* haben kein Datum.

Im Jahr 1901 siedelte Tagore mit seiner Familie nach Śāntiniketan, rund 150 Kilometer nördlich von Kalkutta, um. Auf einem kargen Gelände, das Tagores Vater rund vierzig Jahre vorher gekauft hatte, baute er eine Schule für seine Kinder und Kinder von Freunden aus Kalkutta. Ein Jahr später, im November 1902, starb seine Frau Mrinālinī im Alter von 28 Jahren; Tagore selbst war zu diesem Zeitpunkt erst einundvierzig Jahre. Seine Trauer drückte er in dem Gedichtband *smaraṇ* (»Erinnerung«) aus. Die Erziehung seiner fünf Kinder mußte Tagore nun allein leisten.
Anfang 1903 erkrankte seine zweitälteste Tochter Renukā schwer. Tagore fuhr mit ihr nach Almorā in den Himālaya (im heutigen Bundesstaat Uttarakhānd). Dort entstand die Hälfte der Gedichte des Bandes *śiśu* (Kleinkind); die übrigen waren schon früher entstanden. Diese Gedichte sind nicht *für* Kinder bestimmt, sondern sie sind Gedichte *über* Kinder; genauer, sie sind Ansprachen der Mutter oder des Vaters an ihr Kind, oder Ansprachen eines Kindes an die Mutter. In der Regel handelt es sich um einen kleinen Jungen. Dabei hatte Tagore einmal seine Kindheit, aber auch seinen eigenen jungen Sohn Samindranāth im Sinn, den er in Kalkutta in der Obhut der Großfamilie zurückgelassen hatte. Er klagte in einem Brief aus Almorā: »Die vertraute und liebevolle Beziehung meines Jungen mit seiner Mutter ist die letzte frohe Erinnerung meines Familienlebens.« (Brief an Mohitchandra Sen. In: *viśvabhāratī patrikā*. Śāntiniketan 1349, S. 223 f.).
Renukā starb im September 1903. Samindranāth fiel Ende 1907 der Cholera zum Opfer.
Diese exquisiten Kindergedichte charakterisieren die liebevolle Beziehung zwischen Kind und Eltern auf ebenso einfallsreiche wie humorvoll-launische Weise. Tagore war sich selbst der Besonderheit dieser Gedichte bewußt, deshalb wollte er sie nicht in Zeitschriften »verschwenden«, bevor sie nicht als Buch gedruckt worden waren.
»Am Strand des Weltmeers« ist das erste Gedicht des Bandes. Obwohl vermutlich als Motto des Bandes gedacht, unterscheidet sich

dieses Ideengedicht in Ton und Charakter von den restlichen Texten. Es mythologisiert die Kindheit, indem es den Gegensatz zur Geschäftigkeit und dem Unternehmergeist der Erwachsenen herausstellt. Die Kinder interessiert nur ihr Spiel, das zweckfrei ist und den »Geschmack« des Ewigen besitzt, ebenso wie das Meer und dessen Spiel der Wellen. Kinder und Meer spüren ihre gegenseitige Verbundenheit. Selbst die tragischen Ereignisse und der »Engel des Todes« können die Kinder nicht von ihrem »großen Fest« am »Strand des Weltmeers« abhalten.
Dieses Gedicht hat Tagore ins Englische übersetzt und (als Gedicht Nr. 60) in den englischen Band »Gitanjali« aufgenommen. In seiner Einführung zitiert William Butler Yeats gerade dieses Gedicht und erkennt in der »Unschuld« und »Einfachheit« der Kinder und in der Naturverbundenheit die Eigenschaften, die auch Tagores Wesen charakterisieren. Yeats fragt sich, ob Tagores Beschreibung der Kinderwelt nicht auch auf die Welt der »Heiligen« zutreffe.

S. 30 *samālocak* aus *śiśu*, *rr* 5, 27 f.
Der Sohn eines Schriftstellers spricht zu seiner Mutter. Tagore wird an seinen Sohn Samindranāth gedacht haben. Die gelegentliche Umstellung der natürlichen Syntax ist dem Original nachempfunden.
Gedicht Im Original bleibt unbestimmt, ob er ein Gedicht oder Prosa vorgetragen hat.
Warum kann er nicht [...] **Plaudern bleiben** wörtl. So wie du, Mama, sprichst, warum kann er nicht genau so schreiben?
fein ausgewählt Zusatz.
Zeit zum Baden Es ist üblich, das tägliche Bad vor dem Mittagessen zu nehmen.
Schreiben, Schreiben, Schreiben *lekhā-lekhā-khelā* – wörtl. das Schreibe-Schreibe-Spiel.
Papa schreibt doch Literatur! wörtl. Siehst du nicht, Papa schreibt im Zimmer!

a - b - [. . .] - h - i Im Original werden die ersten fünf Buchstaben des bengalischen Alphabets sowie Buchstaben aus der Mitte zitiert.
irgendwie? Zusatz.

S. 32 *bīrpuruṣ* aus *śiśu*, *rr* 5, 28-30.
wirbeln rot empor von der rotbraunen Erde.
dort rinnt dünn ein kleiner Fluß Gemeint ist ein Rinnsal in einem breiten, sandigen Flußbett. Wo ein Fluß ist, können menschliche Siedlungen nicht fern sein. Das heißt, Mutter und Kind werden nicht mehr lange allein bleiben.
tief versteckt Zusatz.
Aufgepaßt, wir sind schon da! Zusatz.
in eine Ecke des Palankin.
die Blume rot wie Blut Zusatz: *wie Blut* – Die rote Hibiskusblüte (*jabā*) ist eine der Blumen, die der furchterregenden, schwarzen Göttin Kālī rituell geopfert werden. Räuber und Wegelagerer sind meist Verehrer von Kālī. Erst bringen sie ihr ein Opfer dar, dann gehen sie auf Raubzüge.
scharfes Zusatz.
mal ist's echt, mal Schein Das Original ist weniger konkret: *jāhā-tāhā* – mal dies, mal das.
Bruder *dādā* – älterer Bruder.

S. 35 *banabās* aus *śiśu*, *rr* 5, 35-37.
Ein kleiner Sohn erzählt seiner Mutter von seiner Phantasievorstellung, die rund um das Epos »Rāmāyana« kreist. Das Epos erzählt die Geschichte von Gott Rām (Sanskrit Rāma), seiner Frau Sītā und seinem Bruder Lakshman (Lakshmana), die von Rāms Vater für vierzehn Jahre in die Verbannung geschickt wurden. Kern der Handlung ist die Entführung Sītās und ihre Errettung. Der König von Lankā, der Dämon Rāvan (Rāvana), raubt sie aus ihrem Versteck im Wald und nimmt sie nach Lankā mit. Rām

kann mit der Hilfe von Hanuman, dem Affengott, und dessen Heer von Affenkriegern Sītā aus der Gefangenschaft befreien.
Der Sohn stellt sich vor, er würde Rām und Lakshman in die Verbannung begleiten. Dabei malt er sich mehrere typische Situationen in der Einsamkeit der Wälder aus, die eher idyllisch wirken, als daß sie das harte Leben der Verbannung widerspiegeln.
Das ganze Gedicht ist im Konjunktiv geschrieben. In der Übersetzung habe ich aus stilistischen Gründen den Konjunktiv nur gelegentlich gesetzt, um den Leser an den fiktiven Charakter zu erinnern.
Das Original ist durchgehend gereimt; in der Übersetzung jedoch nur der Refrain, der die Lustigkeit der kindlichen Vorstellung unterstreicht: Der Sohn ist bereit, mutig alles mitzumachen, was die Verbannung erfordert, doch nur, wenn Bruder Lakshman an seiner Seite bleibt.
daṇḍak-Wald der Wald, in dem Rām und Sītā ihre Verbannung verbrachten.
hochgetürmtes Haar Das entspricht der ikonographischen Darstellung von Rām.
leise vor mich hin Zusatz.
Rishis *ṛṣi* Heilige, Einsiedler der frühen Zeit des Hinduismus; die Verkünder der Vedas, der ersten heiligen Schriften im Hinduismus.
berühre ich die Füße *praṇām* – ein traditioneller Akt der Ehrerbietung.
Guhak Fährmann, der Rām und Sītā behilflich war, einen Fluß zu überqueren.
Rāvan könnte mir [...] doch keine Sītā Der Dämon Rāvan will, nach des Erzählers kindlicher Vorstellung, nur Frauen entführen. Darum sei Rāvan für ihn keine Gefahr.
Dramen über Rām *Rām-jātrā* – Theaterstücke über die wunderbaren Taten des Gottes Rām.
Pfeil und Bogen um in den Wäldern zu jagen, wie es Rām und Lakshman taten.

Chitrakūt (Chitrakūta) Gebirge, in dem Rām und Sītā während der Verbannung wohnten.

S. 38 *apajaś* aus *śiśu*, *rr* 5, 12 f.
Geschickt rechtfertigt der Dichter die Unartigkeiten des Sohnes mit den Unvollkommenheiten der Natur. Zuletzt wird die Klage, der Kleine sei zu gierig auf Süßes, abgewiesen mit der Frage, ob das Süße denn schlecht sei. Alle Menschen, die das Kind lieben, sind doch auch »süß«.
geschwind Zusatz.

S. 39 *mātrībatsal* aus *śiśu*, *rr* 5, 39 f.
Diese geradezu dämonische Anziehungskraft der Wolken und Wellen auf Kinder, die an manche schaurigen Märchen erinnert, wird hier überwunden von der Liebe zur Mutter, die der Sohn nicht verlassen mag.
wenn die Sonne lacht wörtl. am frühen Morgen.
Mama wartet voll Sehnsucht ausgelassen: sitzt in meinem Zimmer.
bis zum Himmel wollen wir die Welt ausfüllen wörtl. der Himmel wird unsere Decke sein.
Küste wörtl. Küstentreppe.
rollen weiter – Eigentlich wie in der 1. Strophe: fliegen weiter.
und alle fragen: »Wo sind die beiden bloß?« wörtl. Keiner wird mehr eine Spur von uns finden.
Zusätze: *behände – in der Nacht – ganz allein – wird sie ohne mich glücklich sein? – um bei euch zu sein? – Wo mag er sein?*

S. 41 *jyotiṣ-śāstra* aus *śiśu*, *rr* 5, 37 f.
Dies ist ein Dialog zwischen einem älteren und einem jüngeren Bruder. Der ältere hält sich schon für sehr klug und erfahren

und erhebt sich über den jüngeren mit dessen kindlichen Vorstellungen. Der Humor entsteht durch das Aufeinandertreffen dieser beiden Kinder-Welten.
***kadam*-Baum** (*anthocephalus cadamba*) hoch wachsender Baum, dessen kleine, weiße, süß duftende Blüten auf einem golfballgroßen, hellgelben Ball wachsen.
Bruder *dādā* – älterer Bruder.
Von dem offnen Fenster her Vergleich mit dem Mond, der »in den Zweigen / des *kadam*-Baumes hängt«.
Zusätze: *wo man sie nicht fassen kann – bequem.*

S. 43 *gītabitān*: *svadeś* 3. – Lied komponiert September-Oktober 1905.
Die Übersetzung dieses Liedes widme ich Herrn Udo Keller (Neversdorf).
Das Lied gehört zur Gruppe der »patriotischen Lieder«. Der Aufruf *eklā chalo-re* (Geh allein voran!) ist in Bengalen zum geflügelten Wort geworden, das zu Mut und Entschlußkraft inspirieren soll. Das Lied entstand, als Tagore politisch aktiv die »Svadeshi«-Bewegung unterstützte, die den Einfluß Großbritanniens und Europas auf Indien verurteilte und statt dessen politische und wirtschaftliche Eigenständigkeit forderte. Im Jahr 1905 war Bengalen in Ost und West aufgeteilt worden, was in Kalkutta zu heftigen Protesten führte. In dieser Zeit schrieb und komponierte Tagore zwei Dutzend patriotische Lieder. Mahātmā Gandhi hat dieses Lied besonders geschätzt.

S. 44 *śubhakṣaṇ* aus *kheyā* (1906), *rr* 5, 146 f. – Kein Datum.
Der Titel »Die heilige Zeit« (*śubhakṣaṇ*) könnte auch übertragen werden mit: Die (rituell oder astrologisch) günstige Zeit, die passende, beste Zeit.
Dieses Gedicht bildet mit dem nächsten Gedicht eine Einheit.

S. 45 *tyāg* aus *kheyā*, *rr* 5, 147. Datum: Bolpur [bei Śāntiniketan], 13 *śrābaṇ* 1312 [= 29. Juli 1905].
Auf balladeske Weise beschreiben dieses und das vorherige Gedicht die erotische Hingabe einer jungen Frau an den Königssohn, der in seiner Kutsche am Fenster der Frau vorbeifährt. Das erste Gedicht beschreibt ihre Gefühle vor dem Ereignis, das zweite danach. Beide Gedichte sind eine Ansprache, die die junge Frau an ihre Mutter richtet. Versteckt-subtil drückt die Frau die Hoffnung aus, der Königssohn möge ihre Hingabe erkennen und annehmen. Die Enttäuschung, daß er vorbeigefahren ist, ohne sie anzusehen, ohne ihre Edelsteinkette aufzuheben, ist eingekleidet in den Satz, daß sie nur auf diese Weise und nicht anders hatte handeln können. Die junge Frau versteht ihre frisch aufkeimenden erotischen Gefühle nicht. Nur die Mutter erkennt sie und zeigt sich erstaunt und erschrocken.
wie hätt ich stillen können mein Verlangen? wörtl. wie kann ich, sag, [am Leben] bleiben. – Identisch mit der letzten Zeile von »Die heilige Zeit«. – Die Hingabe des Mädchens an den Königssohn erfüllt sich durch dieses Opfer, gleichgültig ob es angenommen wird oder nicht.

S. 46 *gītabitān*: *bichitra* 14. Datum: *kārtik* 1316 [= 1909].
Mit dreißig Jahren entdeckte Tagore das indische Dorf als eine von der Stadt drastisch verschiedene Lebensform. In Erzählungen und Gedichten beschrieb er die gesellschaftliche Situation armer Familien, die Benachteiligung armer und ungebildeter Menschen, besonders der Frauen. Seine Briefe jener Zeit schildern bewegend die Armut der Pachtbauern. Im Jahr 1901 zog er nach Śāntinketan, einer armen, ländlichen Gegend mit trockener, rotbraun-verkarsteter Erde. Tagore bewunderte die Menschen, die unter widrigen Umständen um ein würdevolles Überleben kämpften. In den Dörfern rund um Śāntiniketan gründete Tagore eine landwirtschaftliche Genossenschaft und eine Bank. Auch das Geld,

das der Dichter für den Nobelpreis erhielt, gab er weiter an die landwirtschaftliche Bank, die den Bauern Kredite gewährte.
Dieses populäre Lied evoziert die dörfliche Atmosphäre in ihrer natürlichen Einfachheit und Magie. Wie immer ist Tagore ein Romantiker, der an jeder »Biegung« der bengalischen Dörfer, die von weiten, offenen Räumen umgeben sind, Geheimnisse und geistige »Schätze« vermutet.

S. 47 *gītāñjali* 10 (1910), *gītabitān*: *pūjā* 229, *rr* 6, 17 f. Datum: 1315? – Titel vom Übersetzer.
Mit dem englischen Gedichtband »Gitanjali« wurde Rabīndranāth Tagore weltberühmt. Zu unterscheiden ist zwischen dem ursprünglichen bengalischen Band *gītāñjali*, der 1910 erschien und aus dem hier zehn Beispiele übersetzt sind, und dem englischen Band »Gitanjali«, der 1912 in London erschien und für den Tagore den Nobelpreis für Literatur erhielt.
Die bengalischen Gedichte evozieren in kunstvoll-einfachen Sprachbildern die Demut und Reue, Hingabe und Glückseligkeit im Anblick der Gottheit. Wehmut und Verzweiflung angesichts der eigenen Schwäche sind ebenso Teil dieser Stimmung wie die ekstatische Liebe zu Gott. Die Bildersprache sowie die emotional-mystische Atmosphäre sind vielfach der Kultur des Vishnuismus entlehnt. Aber auch das Fluidum der *unio mystica* in den Upanishaden dringt durch. Der Vishnuismus ist geprägt von dem Rādhā-Krishna-Mythos, das heißt den Geschichten, die sich um das göttliche Liebespaar, den Jüngling Krishna und seine Geliebte Rādhā, weben. Ihre Beziehung beinhaltet alle Regungen menschlicher Liebe, sie werden jedoch spirituell ausgedeutet als die Beziehung zwischen menschlicher Seele (Rādhā) und Gott (Krishna). Warten auf Gott, Sehnsucht nach ihm, die Verzweiflung über seine Abwesenheit sind die Grundstimmungen. Das Gefühl, daß Gott mit der Seele spielt, daß Gott ein verspielter, nicht immer gerechter und mäßiger Gott ist, gehört zur Spiritualität der Vishnuiten.

Aus ihr heraus entfaltet sich eine reiche religiöse Lyrik, an die Tagores *gītāñjali* anschließt. Sie entstand in den Jahren 1907 bis 1910.

Als Tagore erkrankte, zog er sich auf seine nordbengalischen Familiengüter zurück. Um sich während seiner Genesung die Zeit zu vertreiben, übersetzte er viele dieser Gedichte in englische Prosa. Gerade hatte er zwei Todesfälle zu verkraften: Sein Vater war 1905 gestorben; der Tod seines elfjährigen Sohnes Samindranāth im Jahr 1907 war der schwerste Schlag. Seine politisch aktivistische Phase war vorüber, doch mußte er vielerlei Kritik und die Verleumdungen seiner Landsleute erdulden. Er brauchte Erholung und eine bessere medizinische Behandlung. Darum schlugen ihm die Ärzte eine Reise nach England vor. Als er Ende Mai 1912 endlich reisen konnte, setzte er seine Übertragungen auf dem Schiff fort. In London angekommen, vergaßen Tagore und seine Begleiter zunächst das Köfferchen mit den Manuskripten in der Untergrundbahn. Ihr Erstaunen über diese technische Errungenschaft ließ sie wohl alles andere vergessen. Zum Glück wurde das Bündel im Fundbüro abgegeben. Tagore überreichte es seinem Freund William Rothenstein, einem Künstler, der ihn im Winter 1910/1911 in Kalkutta wiederholt besucht hatte. Begeistert reichte Rothenstein die Manuskripte an den bekannten Dichter William Butler Yeats weiter, der sie ebenfalls bedeutend fand. Tagore und Yeats trafen sich, in wenigen Wochen wurde er mit den Intellektuellen, Schriftstellern und Künstlern der Weltstadt bekannt gemacht. Yeats selbst machte eine Reihe von Änderungsvorschlägen, schrieb eine geradezu verehrende Einführung und veröffentlichte die englischen Prosagedichte unter dem Titel »Gitanjali«.

Die englische »Gitanjali«-Ausgabe enthält 54 Gedichte, die aus dem bengalischen Band *gītāñjali* übersetzt sind; weitere Gedichte stammen aus *naibedya, keyā, śiśu, caitāli, utsarga* sowie anderen Bänden.

Ende 1912 wurde das Manuskript von der India Society gedruckt,

im März 1913 folgte eine Ausgabe des Verlags Macmillan, der Tagores britischer Verlag bleiben sollte. Bis zum Tag, an dem Rabīndranāth Tagore der Nobelpreis für Literatur zugesprochen wurde, nämlich dem 13. November, wurde der schmale Band zehnmal nachgedruckt.
Das Lied ist an die Muttergöttin gerichtet.
goldnen Schale Gemeint ist die Opferschale für die rituelle Verehrung der Muttergöttin. Darauf werden die Blumen gelegt, die man am frühen Morgen pflückt und zu einer Girlande für das Gottesbild aufreiht.
Kummers Unterpfand wörtl. Kummers Zierrat.
täglich' Brot wörtl. mein Hausstand.
Du kennst, die wahre Liebe zu dir hegen wörtl. Du erkennst doch einen echten Edelstein.
das ist mein Segen Zusatz.

S. 48 *gītāñjali* 12, *gītabtān*: *prakṛti*, *śarat* 145, *rr* 6, 19. Datum: Śāntiniketan; 3 *bhādra* 1315 [= 19. August 1908]. – Titel vom Übersetzer.
Im Original ist das Gedicht voller Alliterationen, Binnenreime und Lautmalerei. Das Unvorhersehbare, das Geheimnisvolle einer Reise in unbekannte Ferne – und die entgrenzte Sehnsucht der Menschen – wird auf diese Weise beschworen.
so frei, so wunderlich wörtl. ein Boot, das sich so bewegt. Dieses *eman* (= so, dergestalt, auf diese Weise) läßt offen, *wie* sich das Boot bewegt. Diese Evokation des Eigenartigen und Zauberhaften setzt Tagore mit der nachfolgenden Frage fort.
mein Denken, mein Empfinden *man* – Geist, Denken, Fühlen, Verstand, Herz.
all mein Suchen, all mein Finden wörtl. alles Wollen, alles Bekommen.
O Steuermann ein Symbol für Gott oder das Schicksal.
Zauber *mantra* – Zauberspruch, heilige Silben.

S. 49 *gītāñjali* 15, *gītabitān*: *pūjā* 144, *rr* 6, 20 f. Datum: Bolpur [bei Śāntiniketan] *āṣāṛ* 1316 [= Mitte Juni / Mitte Juli 1909]. – Titel vom Übersetzer.

Das Lied stellt drängend die Frage, wann Gott in den Menschen Wohnung nehmen wird, wann die Menschen Gott in ihrem Innern entdecken werden. Das Fragewort »wann?« (*kabe*) erscheint fünfmal. Menschen, die Gott im Innern erkennen, sehen ihn auch inmitten der Welt und in ihrer Arbeit.

Seele *parān* (= *prāṇ*) – Atem, Lebensenergie, Seele, Herz.

meine Augen öffnen um Gott zu schauen.

in des Friedens Schein wörtl. werde ich alle zufrieden machen. – Ein Mensch, der Gott schaut, verbreitet Frieden um sich. Siehe Patañjali: »Yoga-Sūtra« (II, 35): »Wenn man in der Gewaltlosigkeit fest gegründet ist, (schafft man eine Atmosphäre des Friedens, und) alle, die in die Nähe kommen, geben die Feindschaft auf.«

S. 50 *gītāñjali* 32, *gītabitān*: *pūjā* 382, *rr* 6, 30 f. Datum: 16 *bhādra* 1316 [= 1. September 1909]. – Titel vom Übersetzer.

Ein Bittgebet, das mit einem Minimum von sprachlichen Mitteln hohe Wirkung erzielt. Die Sprachbilder erinnern an das Liebeswerben zwischen dem göttlichen Paar Rādhā und Krishna. Der Jüngling Krishna versteckt sich einmal vor Rādhā, dann gibt er sich ihr zu erkennen, er spielt und täuscht, tändelt und tollt ausgelassen mit ihr. Das bedeutet: Gott ist schwer zu (er)fassen. Rādhā stellt die menschliche Seele dar, die wie ein Spielball in der Hand Gottes ist. Von diesen Manövern verunsichert, empfindet der Mensch in der 2. Strophe tiefe Reue und zweifelt an seinem Selbstwertgefühl. Im Original sind »Tand«, »Unverstand« und »Falschheit« dasselbe Wort *bhul* (Grundbedeutung: Fehler).

Rühre meinen Körper an, berühre mich Berührung gilt als Gnade.

ich bitte dich Zusatz.

S. 51 *gītāñjali* 40, *gītabitān*: *pūjā* 239, *rr* 6, 34 f. Datum: Kalikātā [Kalkutta] 1 *āśvin* 1316 [= 17. September 1909]. – Titel vom Übersetzer.
Die Klage eines Menschen, der lange auf Gott gewartet hat und versucht ist, aufzugeben: »Du kommst und kommst, doch kommst nie an.« Warten hat den Menschen einsam gemacht; er fühlt sich von der Welt abgeschnitten.
furchtsam oder: argwöhnisch, mißtrauisch.
so oft ich es vermag wörtl. immer wieder.
vor dem Hause Zusatz.
das wird zu Staub, das rinnt hinan wörtl. das wird [gleichförmig] zu Staub.

S. 52 *gītāñjali* 41, *gītabitān*: *pūjā* 175, *rr* 6, 35. Datum: 19 *āśvin* 1316 [= 5. Oktober 1909]. – Titel vom Übersetzer.
Das Kleid ist hier ein Symbol der Ichsucht, die man abwerfen muß, um rein zu sein. Nacktheit gilt als Zeichen der Unbeflecktheit, sie ist eine Erinnerung an das Paradies.
Das Gedicht evoziert die Stimmung am Abend. Nach der Arbeit des Tages wendet man sich Gott zu. In Indien ist die Abenddämmerung die Zeit für Meditation und rituellen Gottesdienst (*pūjā*). Die Beter nehmen zunächst ein Bad und pflücken dann Blumen, deren Blüten sie zu Girlanden zusammenbinden. Diese hängen sie auf die Gottesbilder oder -statuen im Tempel und in ihren Häusern und Hütten.

S. 53 *gītāñjali* 45, *gītabitān*: *pūjā* 319, *rr* 6, 37. Datum: Bolpur [bei Śāntiniketan] 20 *agrahāyaṇ* 1316 [= 6. Dezember 1909]. – Titel vom Übersetzer.
Tagore verherrlicht das Licht als Quelle des Lebens. Mit Licht ist sowohl das materielle Licht der Natur gemeint wie auch das geistige Licht des Schöpfergottes. Gott *ist* Licht.

ich seh es nicht Zusatz.
Alles liegt in deinen Händen wörtl. Es ist gut, alles ist gut. Auch im Original wird das Wort »Licht« (*ālo*) siebenmal genannt.

S. 54 *gītāñjali* 46, *gītabitān: pūjā* 491, *rr* 6, 37 f. Datum: Śāntiniketan 10 *pouṣ* 1316 [= 25. Dezember 1909]. – Titel vom Übersetzer. Demut ist eine der Tugenden, die der Vishnuismus als einen Weg zu Gott besonders pflegt. Einer der Begründer des Vishnuismus, Chaitanya (1485-1533), sang in einem berühmten Hymnus: »Des Herren Namen darf nur singen, / wer demütiger ist als selbst ein Grashalm.« Chaitanya benutzt ein wohlbekanntes Sprachbild der Demut, wenn er Krishna so anredet: »In deiner Gnade betrachte mich / als ein Stäubchen auf deinen Lotusfüßen.« Den Staub der Füße zu berühren ist eine traditionelle Demutshandlung, die jüngere Menschen gegenüber älteren Menschen, den Eltern, einem Guru oder Heiligen ausüben. Die Füße kommen mit Staub und Schmutz in Berührung und gelten darum als am wenigsten verehrungswürdig. Die vollkommene Demut der Bhaktas (Gottesverehrer) verlangt gerade darum, die Füße Gottes (der Eltern, eines Guru oder Heiligen) zu verehren. Selbst Staub zu werden, ist eine extreme Vorstellung dieser Demutshaltung.
lang ausgestreckt traditionelle Verehrungsgeste (*praṇām*).
Warum hältst [...] deine Ehre Ehrbezeugungen schaffen Distanz. Gott ehrt seine Verehrer durch die Gewährung seiner Gnade. Tagores Gottesverehrer empfindet jedoch das demütige Verweilen in Gottes Nähe, und sei es im Staub und Schatten von Gottes Füßen, als die eigentliche Erfüllung.
was unnütz und befleckt Zusatz.

S. 55 *gītāñjali* 47, *gītabitān*: *pūjā* 607, *rr* 6, 38 Datum: Śāntiniketan 12 *pouṣ* 1316 [= 27. Dezember 1909]. – Titel vom Übersetzer. Das Meer ist Symbol für die Welt, seine Wellen deuten die Vielfalt

der Welt an. Die Überfahrt von einer Küste zur anderen ist Symbol für die Lebensreise. Der Dichter möchte vor der Lebensvielfalt in die Ewigkeit, zum »Einen«, flüchten. Musik – ausgedrückt im Lied oder dem Klang der Vīnā (*bīṇā*), einem klassischen Saiteninstrument – ist die »Melodie der Ewigkeit«; sie gestaltet des Menschen Übergang vom Leben zum Tod. Sie ist zugleich Evokation der Ewigkeit und Kapitulation vor ihr, dem »ewig schweigenden Einen«.
Ort *ghāt* – Anlegeplatz (eines Boots am Ufer).

S. 56 *gītāñjali* 61 *gītabitān*: *prem* 267, *rr* 6, 46 f. Datum: Bolpur [bei Śāntiniketan], 12 *baiśāk* 1317 [= 25. April 1910]. – Titel vom Übersetzer.
Ein Lied an Saraswatī, der Göttin der Künste und Gelehrsamkeit. Das mehrmalige »sie« im Text bezieht sich auf die Göttin. In der Ikonographie hält sie eine Vīnā (*bīṇā*) in den Händen. Die Göttin kündigt sich durch ihre Melodie, ihren Duft, ihren (Blumen-) Kranz an – doch sie selbst bleibt dem Verehrer unsichtbar. Er sieht sie nur im Traum, verschläft aber ihr Erscheinen. Der Verehrer wünscht sich vergeblich, zumindest ihr Kranz würde ihn berühren. Berührung bedeutet stets Segen.
südlichen Wind Frühlingswind.
Greifen könnt [...] **unbegreiflich** Die Zeile heißt wörtl. Während sie nahe ist, ist sie doch nicht nahe. – Dieses Paradox versuche ich mit dem Wortpaar »greifen« – »unbegreiflich« auszudrükken.

S. 57 *utsarga* 12 (1914), *rr* 5, 87 f. – Kein Datum. Titel vom Übersetzer.
Vgl. Tagores Kurzgedichte in den Gedichtsammlungen *kaṇikā* und *lekhan* (siehe S. 17-20 und S. 68-72).
Träne Sie wird vergossen und abgewischt, sie vergeht sofort.

in einem Tropfen Tau mich fangen Die Sonne spiegelt sich im Tautropfen.

S. 58 *utsarga* 22, *rr* 5, 98. Datum: *jyaiṣṭha* 1308 (Mitte Mai bis Mitte Juni 1914). – Titel vom Übersetzer.
Innewohner *antaryāmī* – Gott, der im Menschen lebt und ihn führt (siehe Nr. 13).

S. 59 *gītāli* 42 (1914), *rr* 6, 193 f. Datum: Surul [bei Śāntiniketan], 31 *bhādra* [1321] [= 17. September 1914]. – Titel vom Übersetzer.
Anrede an Gott. Viermal stellt Tagore mit dem Wort »ebenso« (*temni*) einen Vergleich zwischen den Ereignissen in der Natur und der Beziehung zwischen Gott und Mensch (das heißt dem Dichter-Ich) her. Durch die Entsprechungen dieser beiden Sphären erschafft Tagore neue, bewegende Bilder, die Gottes Liebe zu den Menschen darstellen.
im Frühlingswinde ausgelassen: über den Wäldern.

S. 60 *gītāli* 77, *rr* 6, 212. Datum: Śāntiniketan, 16 *āśvin* [1321], abends [= 3. Oktober 1914]. – Titel vom Übersetzer.
Freund Anrede an Gott. – Der Vishnuismus nennt verschiedene Analogien, wenn er die Möglichkeiten der Beziehung zwischen den Menschen und Gott (Krishna) beschreibt. Die Mensch-Gott-Beziehung ist zum Beispiel wie die einer Geliebten zum Liebhaber, eines Kindes zur Mutter, eines Dieners zum Meister, eines Vaters oder einer Mutter zum Kind, eines Freundes zum Freund.
tausendundein wörtl. hunderttausend.
Denn bin ich allein, wirst auch du es sein Wenn ich ohne deine Gesellschaft bin, bist du auch ohne meine.

S. 61 *gītāli* 78, *rr* 6, 212, *gītabitān*: *pūjā* 187. Datum: Śāntiniketan, 19 *āśvin* [1321], nachts [= 6. Oktober 1914]. – Titel vom Übersetzer.
»Netz« ist ein Symbol für die sinnenhaft erfahrbare Welt, die die Menschen durch ihre Kraft der Anziehung und Betörung wie in einem Netz gefangenhält. Diese Kraft heißt *māyā*. Sie spiegelt den Menschen die Unentbehrlichkeit weltlicher Dinge vor. Nur wer diesen Sog brechen kann, dem kann die Freiheit glücken.
meine Tränen, / so kostbar wie Perlen wörtl. wie ein Tränenschatz.

S. 62 *balākā* 10 (1916), *rr* 6, 261 f. Datum: Śāntiniketan, 10 pouṣ 1321 [= 25. 12. 1914]. Das Gedicht hat in Tagores »Ausgewählten Gedichten« (*sañcayitā*) und in Einzelausgaben den Titel *dān* (Geschenk).
»Schwäne im Flug« heißt die Übersetzung von *balākā*. Zu Beginn des Ersten Weltkriegs geschrieben, drücken die Gedichte dieses Bandes die Wehmut über die Flüchtigkeit des Lebens aus, wofür die fliegenden Schwäne ein Symbol sind. Alles fließt, nichts ist beständig – das ist sowohl altgriechische wie altbuddhistische Weisheit. Das gilt auch für die Beziehungen der Liebe, wie Tagore in diesem Gedicht darstellt. Die augenfälligen Zeichen der Liebe sind »nur Glanz und Flitter«, sie verschwinden bald. Doch bescheidene und spontane Gesten der Zuneigung, die »unbegehrt und unerkannt« sind, etwa »ein unbekannter, heimlicher Duft«, ein Abendrot, eine Blume oder ein Lied, können eine Art Ewigkeit im Augenblick schaffen.

S. 64 *balākā* 19, *rr* 6, 271. Datum: Surul [bei Śāntiniketan] am Morgen, 29 *pouṣ* 1321 [= 13. Januar 1915]. – Titel vom Übersetzer.
Der letzte Blick [...] endlich enden Im Original wird in dieser einen Zeile *śeṣ* (letzt-, enden) dreimal wiederholt.
aufrecht und fest wörtl. ebenso.

Spannung zwischen »Begehren« und »Entsagen«, zwischen den Polaritäten des Lebens.

S. 66 *pūrnatā* aus *pūrabī* (1925), *rr* 7, 124 f. Datum: [Auf dem] Schiff »Hārunā-Māru«, Oktober 1924.

Der Gedichtband *pūrabī* ist der argentinischen Dichterin Victoria Ocampo (1890-1979) gewidmet, die Rabīndranāth Tagore 1924 in Buenos Aires traf. Tagore war der Einladung gefolgt, der Hundertjahrfeier des Staates Peru beizuwohnen. Auf der Schiffsreise wurde er krank und mußte sie unterbrechen. Ocampo nahm den kranken Dichter in der Villa San Isidro am Ufer des Río de la Plata auf. Die sechs Wochen der Genesung wurden für beide zu einer tiefen Erfahrung der Gemeinsamkeit. Die lyrische Ernte ist eine Reihe melancholischer Liebesgedichte, durchwirkt von der Trauer der Entsagung und des Abschieds.

Tagore und Victoria Ocampo begegneten sich noch einmal 1930 in Paris. Dort besuchte sie eine Ausstellung seiner Gemälde. Danach trafen sie sich nicht mehr.

Sieben Weisen Sternbild: der große Bär.

Blumenhaine Tagore spricht von einem *rajanīgandhā*-Wald; es sind Blumen, die in der Nacht einen starken, süßen Duft verströmen.

S. 68 *lekhan* 14 (1927), *rr* 7, 208.

In China und Japan wurde Tagore gebeten, in Bücher, auf Fächer und Seidentücher kurze Sprüche in bengalischer Sprache zu schreiben, Wünsche, die er mit Freude erfüllte. Er bemühte sich, in wenigen Zeilen einen Gedanken oder eine Stimmung zu gestalten. Wichtig war ihm, daß sie durch die eigene Handschrift eine persönliche Note gewannen (siehe *rr* 7, 736). Darum erschien die erste Buchausgabe auch als Faksimile von Tagores Handschrift. Als der Dichter sich 1926, erschöpft von seinen Reisen, in ein Sanatorium in Ungarn einweisen ließ, hatte er die Muße, dieses Manuskript anzufertigen. Er übersetzte die bengalischen Zwei- oder Vierzeiler ins Englische und ließ sie darauf in Berlin drucken. Das Vorwort trägt den Vermerk: »7. November 1926, Balatonfüred, Ungarn«.

S. 69 *lekhan* 37, *rr* 7, 211.

S. 70 *lekhan* 55, *rr* 7, 213.

S. 71 *lekhan* 57, *rr* 7, 213.
Schatten und Licht schließen sich aus. Doch wenn das Licht auf das Laub der Bäume fällt, bilden Schatten und Licht ein so dicht verwobenes Muster, daß sie sich zu vereinen scheinen.

S. 72 *lekhan* 154, *rr* 7, 222.

S. 73 *bicched* aus *mahuyā* (1929), *rr* 8, 76. Datum: Bangalore [Südindien], *āṣāṛ* 1335 [= Mitte Juni bis Mitte Juli 1928].
Der alternde Dichter schreibt noch einmal einen Band mit Liebesgedichten, die so frisch und neu klingen wie seine frühen. Die Flöte gilt als das Sinnbild der menschlichen Seele. Durch die Flöte fährt der göttliche Hauch und bringt sie zum Klingen. Die Flöte als Abschiedsgeschenk ist darum ein Geschenk des eigenen Selbst. Die Flöte sucht nach ihrem Partner, nach dem Flötenspieler.
laut Zusatz.
Weinend wandert ausgelassen: in der Welt.

S. 74 *sabalā* aus *mahuyā*, *rr* 8, 34 f. Datum: 23. August 1928.
Sabalā bezeichnet eine »Frau, die sich ausdrücken kann«, modern gesprochen: eine emanzipierte Frau. Das Gedicht ist ein kämpferisches Bekenntnis zur Selbstbestimmung der Frau, die zur Zeit der Niederschrift nicht selbstverständlich war. Sabalā will sich vor allem von der Dominanz des Ehemanns lösen, den man in Bengalen allgemein den *kartā*, (»Täter«), den Versorger und Beschützer, nennt.
klingenden Brautschmuck Glöckchen und Armreifen.
Sieben Weisen Sternbild: großer Bär.

S. 76 *ārek din* aus *pariśeṣ* (1932), *rr* 8, 153 f. Datum: [Auf dem] Schiff Romphius [?], 23. August 1927.
Der Titel des Gedichtbandes heißt übersetzt »Ende«. Die meisten Gedichte handeln vom Alter und von Erinnerungen. Tagore experimentiert in diesem Band zum ersten Mal mit der Form des Prosagedichts.

S. 78 *patralekhā* aus *punaśca* (1932), *rr* 8, 286. Datum: 14 *āṣāṛ* 1339 [= 28. Juni 1932].
Das Gedicht hat weder Versmaß noch Reim, es ist in einem alltäglichen, lakonischen Erzählton gehalten. Zart und verhalten deutet das Erzähl-Ich, eine Frau, ihre Zuneigung zu dem Briefempfänger, der ihr einen Füllfederhalter geschenkt hat, an.

S. 80 *hathāt-dekhā* aus *śyāmalī* (1936), *rr* 10, 169-171. Datum: Śāntiniketan, 24. Juni 1936.
Dieser Gedichtband enthält, wie die zwei vorangegangenen Bücher, Prosagedichte – ohne Reim und ohne Versmaß. In bewußt kunstloser Sprechsprache will der Dichter auf die herbe Realität der Trennung und Endgültigkeit des Vergangenen hinweisen. Zwar be-

tont er zum Ende in dem einzigen poetischen Satz des Gedichts die Gegenwart des Vergangenen, gerade auch der Liebe, doch zieht er dies sofort danach in Zweifel.
blumenschöne wörtl. wie eine *dolancāmpā*-Blüte.
eines Senfblumenfeldes In Bengalen ist Senföl das meistgebrauchte Speiseöl. Die tiefgelben Senffelder im Winter sind ähnlich beeindruckend wie die Rapsfelder in Europa.
śāl hoch wachsender Baum mit großen Blättern.
mit gefalteten Händen wörtl. und grüßte mich mit einem *namaskār.* Die vor der Brust gefalteten Hände sind die übliche Grußgeste in Indien.
winkte sie mich mit dem Finger zu sich Einen Mann in der Öffentlichkeit zu sich zu winken, ist für eine Frau ungewöhnlich und provoziert Kritik.

S. 82 *apaghāt* aus *sānāi* (1940), *rr* 12, 201 f. Datum: Kālimpong [Himālaya], 1 *jyaiṣṭha* 1347 [= 15. Mai 1940].
Das Gedicht lebt aus dem Kontrast der beiden letzten Zeilen zu der idyllischen Beschreibung davor. Die pastorale Harmonie des dörflichen Bengalen – das Gedicht ist im Distrikt Nadiā angesiedelt –, die Tagore mit Genuß und Freude am Detail ausmalt, wird von außen zerstört durch ein Telegramm. Es berichtet knapp und nüchtern von der Zerstörung Finnlands durch sowjetische Bomber.
Ob dieses Telegramm die beiden Freunde erreichte und warum gerade sie darüber unterrichtet wurden, welche Bedeutung sie dieser Nachricht über die Bomben auf ein fernes Land, dessen Namen sie vielleicht nie gehört haben, beimessen – bleibt ausgespart. Die Bombardierung Finnlands fand im November 1939 statt; das Gedicht aber entstand ein halbes Jahr später, im Mai 1940, in Tagores Refugium in der Bergstadt Kālimpong.
rājbaṅśī eine Kastengemeinschaft der Hindus.
caitra bengalischer Monat: Mitte März bis Mitte April.

S. 83 *rog-śajjāy* 21 (1940), *rr* 13, 20. Datum: Udayan [Śāntiniketan], 24. November 1940 morgens. – Der Titel folgt dem Namen des Gedichtbandes.

Mitte September 1940 fuhr Tagore in den Himālaya zur Erholung und hielt sich in Kālimpong (Distrikt Dārjeeling) auf. Von dort wurde er Ende September, schwer erkrankt, nach Kalkutta transportiert, wo er sich sechs Wochen in Jorāsāñko zur Genesung aufhielt. Erst im November 1940 konnte er nach Śāntiniketan zurückkehren. Dies sollte seine letzte schwere Krankheit sein (siehe *rr* 13, 747). Die Gedichte dieses Bandes sind meist knapp und sie erzählen keine Geschichten mehr. Erinnerungen scheinen den Dichter nicht mehr zu quälen, er ist traurig, aber gleichmütig. Er fühlt seinen Tod nahen.

zu wissen [...] zu verstehen »Wissen« deutet auf die Kenntnis von Fakten hin; »Verstehen« (*bodh*) ist ein tieferes Erkennen der Zusammenhänge.

S. 84 *ārogya 6* (1941), *rr* 13, 40. Datum: Udayan [Śāntinketan], 24. Januar 1941 am Morgen. – Der Titel folgt dem Namen des Gedichtbandes.

Tagore konnte die Gedichte dieses Bandes nicht mehr selbst aufschreiben; er mußte sie diktieren (siehe *rr* 13, 748).

Frühlingssonne die Sonne des Monats *māgh* (Mitte Januar bis Mitte Februar).

Maler Gott.

S. 85 *ārogya* 8, *rr* 13, 40 f. Datum: Udayan [Śāntiniketan], 3. Februar 1941 am Nachmittag. – Der Titel folgt dem Namen des Gedichtbandes.

Das Gedicht ist erfüllt von der Ahnung des Todes, dem Ertasten des »Ewigen« und der »Fülle«.

śiriṣ-Baums (*albizia lebbeck*) hoch wachsender tropischer Baum, dessen süß duftende Blüten lange, weiße Staubfäden zieren. Die Früchte sind Schoten mit sechs bis zwölf Samenkörnern.

S. 86 *ārogya* 14, *rr* 13, 44 f. Datum: Udayan [Śāntiniketan], 7 *pouṣ* 1347 morgens [= 22. Dezember 1940]. – Der Titel folgt dem Namen des Gedichtbandes.

Geschrieben zu Beginn der Poush-Melā in Śāntiniketan, einem Jahrmarkt, den Tagore begründet hatte, um den kunsthandwerklich begabten Bauern der umliegenden Dörfer eine Möglichkeit zu bieten, ihre Waren zu verkaufen. Dieses Gedicht auf einen Straßenhund gestaltet der Dichter zu einem Preisgedicht auf ein Geschöpf Gottes, das zu vollkommener Hingabe fähig ist.

Sein Bewußtsein weist [...] unendlichen Bewußtsein Hinweis auf eine Geschichte im Epos »Mahābhārata«. Yudhishthira, der älteste der fünf Pāndava-Brüder, wanderte, geführt von einem Hund, bis zum Tor des Himmels. Zunächst wurde er wegen seines Gefährten abgewiesen. Doch wurde er nur auf die Probe gestellt. Als Yudhishthira ohne seinen Hund nicht eintreten wollte, wurde er in Ehren eingelassen. Der Hund stellte sich als eine Personifizierung von Dharma, dem Gott der Gerechtigkeit, heraus.

S. 87 *janmadine* 10 (1941), rr 13, 64-66. Datum: Udayan [Śāntiniketan] 21. Januar 1941 morgens. – Titel vom Übersetzer.

Dieses bekenntnishafte Gedicht, geschrieben ein halbes Jahr vor seinem Tod, klingt wie das Testament des Dichters. Noch einmal werden viele von Tagores Lebensthemen, scharf umrissen, genannt. Um die Bedeutung klar herauszuheben, mußte ich an einigen Stellen freier übersetzen.

Saraswatī im Text steht *Gītabhāratī* – ein Name für die Göttin der Gelehrsamkeit und der Künste, gemeinhin nur Saraswatī genannt.

Verborgen in sich selbst [...] offenbart er sich Diese Zeilen erinnern an die mystischen Visionen der Upanishaden.

throne ausgelassen: an meinem schmalen Fenster.
Kraft des Lebens *ras* – Saft, Energie, Dynamik, Kraft.
Die eine Saite schlagen [...] in den Hallen der Dichtung erhalten Die Musikanten und Sänger mit ihren einsaitigen Instrumenten und schlichten Liedern sollen auch in Ehren empfangen werden.
Meister *gūnī* – Wertvoller, Hochbegabter; hier: Dichter.
Bruder und Schwester wörtl. Verwandte(r).

S. 90 *śeṣ lekhā* 1 (posthum 1941), *gītabitān*: *anuṣṭhānik saṅgīt* 13. *rr* 13, 115. Datum: Punaśca [Śāntiniketan], 3. Dezember 1939, ein Uhr. – Der Titel folgt dem Namen des Gedichtbandes.
Dieses Lied wurde für eine Vorstellung des Theaterstücks *ḍākghar* (»Das Postamt«) geschrieben und komponiert. Doch entschied Tagore, daß es erst nach seinem Tod gesungen werden solle. Folglich wurde es im Tempel von Śāntiniketan am Abend des 7. August 1941 (22 *śrābaṇ* 1348), Tagores Todestag, zum ersten Mal gesungen und in der posthumen Gedichtsammlung *śeṣ lekhā* aufgenommen. Tagores Sohn Rathīndranāth gab dem Buch den Namen. Tagore hat die Gedichte teils diktiert, teils selbst notiert (siehe *rr* 13, 753 f.).

S. 91 *sphuliṅga* 46 (posthum 1945), *rr* 14, 15. – Sämtliche Titel dieses Bandes vom Übersetzer. Der Band enthält keine Angaben zum Entstehungsdatum und -ort.
Nach Tagores Tod wurden die kurzen Gedichte und gereimten Sinnsprüche, die er den vielen Besuchern eigenhändig aufgeschrieben hatte, die in Briefen und Zeitschriften erschienen waren, gesammelt und in diesem Buch veröffentlicht. (Siehe *rr* 14, 823)
Hier vergleicht Tagore das »Entzücken« der Vögel im Flug mit der Erhebung des Geistes beim Schreiben. Der »Ton« entsteht, wenn der inspirierte Geist in Schwingung gerät.

S. 92 *sphuliṅga* 49, *rr* 14, 16.
Die Lotus-Blume symbolisiert Stolz und herrschaftliches Gebaren, während das Gras demütig und zugänglich ist. Alle treten darauf und schätzen seine Weichheit.

S. 93 *sphuliṅga* 50, *rr* 14, 16.

S. 94 *sphuliṅga* 55, *rr* 14, 17.

S. 95 *sphuliṅga* 116, *rr* 14, 28.

S. 96 *sphuliṅga* 126, *rr* 14, 30.

S. 97 *sphuliṅga* 201, *rr* 14, 44.

S. 98 *sphuliṅga* 233, *rr* 14, 49.

Zeittafel

1861 7. Mai: Rabīndranāth Tagore wird als 14. Kind von Debendranāth und Sāradā in Kalkutta geboren.

1878-80 Erster Aufenthalt in England zum Studium.

1881 Schreibt, komponiert und inszeniert sein erstes Musikdrama *bālmīkipratibhā* (Das Genie des Vālmīki), in dem er selbst die Hauptrolle spielt.

1883 Der erste bedeutende Lyrikband, *prabhātsaṅgit* (Morgengesänge) erscheint; Heirat mit Mṛiṇālinī.

1884 Die Schwägerin Kādambarī begeht im Alter von 25 Jahren Selbstmord.

1886 Geburt des ersten Kindes: die Tochter Madhurilatā († 1918); darauf folgen der Sohn Rathindranāth (1988-1961), die Töchter Renukā (1891-1903) und Mīrā (1894-1969) und der Sohn Samindranāth (1896-1907).

1890 Übernimmt die Verwaltung der Landgüter der Familie von Silāīdā (heute Bangladesh); schreibt Erzählungen; Aufenthalt in England.

1901 Übersiedelung nach Śāntiniketan und Gründung einer Schule mit zunächst fünf Kindern; Veröffentlichung seines ersten großen Romans *cokher bāli* (Sand im Auge).

1902 Seine Ehefrau Mṛiṇālinī stirbt im Alter von 28 Jahren.

1905-07 Politisches Engagement zugunsten der indischen Nationalisten, die gegen die britische Herrschaft kämpfen.

1910 Der Lyrikband *gītāñjali* (Liedopfer) erscheint auf bengalisch; ebenso sein bedeutendster Roman *gorā* (Gora), eine exemplarische Geschichte über die Begegnung von Indien und England.

1912-13 Reisen: England, USA. Schreibt eine Serie von Vorträgen, die er in *Sādhanā* sammelt; Beginn der Vortragstätigkeit in englischer Sprache.

1912 Im November erscheint *Gitanjali* in englischer Sprache in London; sein bekanntestes Theaterstück, *dākghar* (Das Postamt), und *jībansmṛiti* (Lebenserinnerungen) werden auf bengalisch veröffentlicht.

1913 14. November: Verleihung des Literatur-Nobelpreises.

1914 *Gitanjali* erscheint in deutscher Übersetzung unter dem Titel *Hohe Lieder (Gitanjali)* und später unter *Gitanjali (Sangesopfer)* im Kurt Wolff Verlag, Leipzig. Übersetzerin ist Marie Luise Gothein.

1916-17 Reisen: Japan, USA. Vorträge über Nationalismus; veröffentlicht den Roman *ghare bāire* (Zu Hause und draußen) über indischen Nationalismus als Reaktion gegen die britischen Kolonisatoren.

1920-21 Reisen: England, Frankreich, Holland, Belgien, USA, Frankreich, Schweiz, Deutschland, Dänemark, Schweden, Österreich, Tschechoslowakei, Frankreich.

1921 Dezember: Gründung der »Welt-Universität« Viśva-Bhāratī in Śāntiniketan, in der sich die Kulturen der Welt selbst darstellen und voneinander lernen sollen. Tagore lädt zahlreiche Gastprofessoren aus der ganzen Welt ein. Die achtbändigen *Gesammelten Werke* erscheinen im Kurt Wolff Verlag.

1922 Beginn der Arbeit in den umliegenden Dörfern von Śāntiniketan; Gründung des landwirtschaftlichen Zentrums von Sriniketan.

1924 Reisen: China, Japan.

1924-25 Reisen: Argentinien, dort Genesungsaufenthalt; Italien.

1925 Der Roman *Gora* erscheint auf deutsch und beschließt die Reihe von Übersetzungen aus dem Englischen ins Deutsche im Kurt Wolff Verlag; insgesamt erschienen 25 Bände.

1926 Reisen: Italien (dort Begegnung mit Mussolini), Schweiz, Österreich, England, Norwegen, Schweden, Dänemark, Deutschland, Tschechoslowakei, Ungarn, Jugoslawien, Bulgarien, Rumänien, Griechenland, Ägypten.

1927 Reisen in Südost-Asien.
1928 Beginn der Tätigkeit als Maler.
1929 Reisen: Japan, Kanada, USA, Indochina.
1930 Reisen: Frankreich, England, Deutschland, Dänemark, UDSSR, USA. In allen Ländern finden Ausstellungen von Tagores Bildern statt.
1932 Reisen: Iran, Irak.
1934 Letzter von drei Besuchen in Sri Lanka (Ceylon).
1936 Letzte Reisen durch Indien mit einer Theatergruppe von Śāntiniketan.
1937 Schwere Erkrankung; Erholungsaufenthalte im Himalaya; seine Sammlungen von Nonsens-Gedichten *khāp-chāṛā* (Das Bizarre) und *se* (Er) erscheinen.
1941 7. August: Tod im Familienhaus in Kalkutta.

Einführung in Leben und Werk von Rabīndranāth Tagore

Rabīndranāth Tagore wurde im Mai 1861 geboren. Er starb 1941. Aus der Tiefe einer vormodernen Zeit ragt er in unsere Moderne hinein, die er in Indien selbst mitgestaltet hat. In Indien haben nachfolgende Generationen die Moderne weiterentwickelt und wollen sich von dem Übervater Tagore lösen. Doch gelingt es ihnen nur schwer. Gerade die Feiern zum 150. Geburtstag Tagores im Jahr 2011 beweisen, wie sehr er noch im Zentrum des kulturellen Selbstverständnisses steht. In Europa verläuft die Entwicklung umgekehrt: Tagore wurde Anfang des 20. Jahrhunderts als Verfasser lyrischer Prosa mystischen Inhalts bekannt. Doch mit dem Weltkrieg geriet er in Vergessenheit. Erst seit etwa zwei Jahrzehnten wird er durch neue Übersetzungen wiederentdeckt und gewinnt immer mehr an Beachtung.

Es begann mit dem Nobelpreis für Literatur im Jahr 1913. Als erster Dichter außerhalb der westlichen Welt erwarb Tagore diese höchste Anerkennung, die die westliche Kultur zu vergeben hat. Mit einem Schlag wurde dadurch das kulturelle Leben nicht nur Indiens, sondern aller asiatischen Länder und Kolonialländer Afrikas und Lateinamerikas aufgewertet. Es war der Beginn einer langsamen Dekolonialisierung auf der Ebene der Literatur. Rabīndranāth Tagore verstand sich seitdem als Stimme Asiens und versuchte auf großen Weltreisen nach Europa, Nordamerika und Südamerika, China und Japan dem »Westen« die Kultur und Religiosität des »Ostens« verständlich zu machen. Sein Anliegen war zweifach: Er wollte mit seinem Werk zeigen, daß die nichtwestlichen Kulturen trotz politischer Unterdrückung reif und unabhängig sind und in der Welt Gewicht besitzen. Darauf aufbauend suchte er, zweitens, eine Vereinigung von West und Ost zugunsten einer friedlichen Völkergemeinde. Er plädierte für den Weltfrieden als einem

Gespräch unter gleichberechtigten, reifen Partnern, die das soziale und kulturelle Wohl der Menschen als höchstes Gut betrachten. Er glaubte daran, daß politische und wirtschaftliche Absichten kulturellen und spirituellen Idealen untergeordnet werden können. Sein Messianismus wurde von manchen als unpraktische Sozialromantik belächelt, von anderen aber als Konkretisierung einer Menschheitssehnsucht ernstgenommen.

In dieser Mission besuchte Tagore auch Deutschland, sobald sich ihm nach dem Ersten Weltkrieg eine Gelegenheit bot. Der indische Dichter wollte dem deutschen Volk mit den geistigen Trostmitteln des Ostens beistehen und zu neuem Selbstbewußtsein verhelfen. Er wurde wie ein »Weiser aus dem Morgenland«, ein Prophet, wie ein Messias empfangen!

Den Nobelpreis hatte Tagore aufgrund eines einzigen Buches, das er selbst ins Englische übersetzt hatte, erhalten. Das Buch heißt »Gitanjali«; es ist eine Sammlung knapper Prosatexte, die im lyrisch-liedhaften Ton Gott anrufen. Tagore hatte seine eigenen bengalischen Gedichte in englische Prosa umgeformt. Nach der Verleihung des Nobelpreises wurden diese Texte in zahlreiche europäische Sprachen übersetzt, so auch ins Deutsche. Es blieb nicht bei diesem einen Buch. Tagore und seine engen Mitarbeiter gaben einen Band nach dem anderen in Englisch heraus: lyrische Prosa, Erzählungen und Romane, Dramen und Essays. Fast jeder erschien umgehend in deutscher Übersetzung, so daß der Leipziger Kurt Wolff Verlag schon nach sieben Jahren, nämlich 1921, eine achtbändige Ausgabe von Tagores *Gesammelten Werken* drukken konnte – und meldete, daß eine Million Exemplare von Tagores Büchern verkauft wurden. Manche nennen Tagore den ersten Bestseller-Autor des deutschen Buchmarkts nach dem Ersten Weltkrieg.

Entscheidend zu diesem Erfolg trug bei, daß Tagore im selben Jahr Deutschland besuchte. Es war sein erster Besuch: Er hielt Vorträge und Rezitationsabende, verkehrte mit der kulturellen und politischen Elite des Landes und wurde geradezu eine Kultfigur.

Doch schon um 1925 sank Tagores Popularität, so daß seine nächsten Deutschland-Besuche, 1926 und 1930, weit weniger im Licht der Öffentlichkeit standen. Zur Zeit des letzten Besuchs hatte sich der Kurt Wolff Verlag schon aufgelöst, und es waren seit mehreren Jahren keine neuen Übersetzungen mehr erschienen. Als die braune Diktatur begann, war der indische Dichter mit dem wallenden weißen Haupthaar und langen Bart, der sich gern in dunkle Gewänder mit weitem Faltenwurf kleidete, eine ferne Erinnerung.

Nach dem Zweiten Weltkrieg wurden in Westdeutschland und vor allem in der DDR Tagores Werke neu herausgebracht, zum Teil in neuen Übersetzungen aus dem Englischen. In den 1960er Jahren erschienen in Ost-Berlin sogar einige seiner Prosawerke, die aus dem Bengalischen übersetzt worden waren. Doch die eigentliche Entdeckung des Dichters wurde erst möglich durch die Übersetzung seiner Lyrik und der Lieder aus dem bengalischen Original. Erst damit wird deutlich, daß die lyrische Prosa, für die Tagore den Nobelpreis erhielt, an poetischer Kraft, Klangschönheit und stilistischer Eleganz weit hinter den bengalischen Gedichten zurücksteht.

Rabīndranāth Tagore wurde in eine bedeutende Familie Bengalens geboren. Sein Großvater, Dwārkanāth Tagore, war einer der ersten Großindustriellen Indiens. Er führte Handel mit Europa, baute Fabriken, besaß Dampfschiffe und Kohlengruben und verwaltete einen ausgedehnten Landbesitz. Zudem war er ein Mäzen der Künste und Förderer zahlreicher wohltätiger Organisationen. Rabīndranāth Tagores Vater, Debendranāth, ein tieffrommer Mann, neigte zur Askese. In dem mehrstöckigen Familienhaus in Kalkutta stand er einem riesigen Haushalt vor, in dem mehrere Generationen mitsamt Verwandten, einem Heer von Dienern und Privatlehrern unter einem Dach lebten. »Rabi« war das vierzehnte und letzte Kind seiner Eltern. Seine Brüder und Schwestern wurden Künstler und Musiker, hohe Beamte und Schriftsteller, alle waren außergewöhnlich begabt. Doch Rabīndranāth stellte sie in den Schatten. Im Kreis der Familie erhielt er die bestmögliche Förderung seiner Talente. Kaum der Kindheit entwachsen, schrieb er Lyrik, die er in Zeitschriften, die seine Familie herausgab, veröffentlichte. In dem großen Hof des Familienhauses führte die Familie in gemeinsamer Produktion Theaterstücke auf. Es war der Beginn einer literarischen Theaterkultur in Indien, das bis dahin nur burleskes Volkstheater gekannt hatte. Rabīndranāth wuchs in der Atmosphäre dieses begeisterten Kulturschaffens auf, führte wenige Jahre später seine eigenen Stücke auf und komponierte Lieder, die er auf der Bühne vortrug. Er war Schauspieler, Regisseur, Sänger und Tänzer seiner Musikdramen. Schon mit dreißig Jahren sah man in ihm den bedeutendsten Lyriker der bengalischen Sprache. Doch noch war er ein verwöhnter Dandy, ein allzu stark den Gefühlen und der Scheinwelt ästhetischer Genüsse hingegebener Mann.

Der Freitod einer seiner Schwägerinnen, der Tagore in Liebe und Verehrung verbunden war, traf ihn schwer. Plötzlich bestand sein Leben nicht mehr nur aus Phantasie und romantischen Liebesträumen, es wurde mit einer tragischen Wirklichkeit konfrontiert. Rabīndranāth wurde mit einer jungen Frau aus dörflicher Umgebung verheiratet; sie war ungebildet, aber praktisch veranlagt und erdete den Dichter. Fünf Kinder zogen sie auf, drei starben vor dem Vater. Als auch seine Ehefrau starb, war Tagore erst vierzig Jahre alt. Rabīndranāths Leben, behütet und unbeschwert wie es begonnen hatte, war im Erwachsenenalter von Tragik überschattet. Auch außerhalb seines familiären Kreises lernte er eine harte Wirklichkeit kennen: die Armut und Not der Bauern auf den Landgütern seiner Familie in Nordbengalen (heute in Bangladesh). Der Vater hatte ihn als Verwalter eingesetzt. Er verwaltete nicht nur die Landgüter der Familie, er wurde zum Sozialarbeiter, um das Leben der Pachtbauern zu verbessern; er gründete Banken und Genossenschaften und führte Formen der Selbstverwaltung ein. Diese Wirklichkeit stellt Tagore in seinen Kurzgeschichten dar, einer übrigens bis dahin in Bengalen unbekannten literarischen Form.

Im Alter von fast vierzig Jahren ordnete Tagore sein Leben neu: Er zog mit seiner Familie auf ein Stück trockenes Land 150 Kilometer nördlich von Kalkutta, auf dem sein Vater ein Haus gebaut hatte. Das Haus hieß »Śāntiniketan« – »Ort des Friedens«. Abgestoßen vom britischen Schulsystem, das er selbst hatte ertragen müssen, gründete Tagore dort eine eigene Schule. Die Kinder sollten inspiriert werden, anstatt Buchwissen zu pauken. Sie sollten spielend lernen – also mit Hilfe von Gedichten und Liedern, Theaterstücken und Tänzen, durch Kunst und Ausflüge zu den Bauern in den Dörfern. Vor allem seine eigenen Gedichte und Theaterstücke zog Tagore zum Unterricht heran.

Bis zu dieser Zeit war Tagore nicht auf den Gedanken gekommen, seine Gedichte ins Englische zu übersetzen. Als er sich, von einer Krankheit geschwächt, einige Wochen auf den Landgütern der Familie erholte, übersetzte er – zum Zeitvertreib – seine Lyrik und zeigte sie Monate später Freunden in England. Begeistert beförderten sie die Texte zum Druck. Der schmale Band lyrischer Prosa erhielt den Namen *Gitanjali*. Der Erfolg war so enorm, daß dem Dichter ein Jahr später, 1913, dafür der Nobelpreis für Literatur verliehen wurde.*

Die hohe Auszeichnung brachte erneut große Veränderungen in Tagores Leben. Der alternde Dichter unternahm in den nächsten zwei Jahrzehnten zahlreiche lange und beschwerliche Weltreisen. Er wurde zu Lebzeiten ein Mythos, jedoch weniger durch sein dichterisches Werk, dessen Bedeutung hinter den Toren seiner Muttersprache verschlossen blieb, als durch seine Persönlichkeit und Philosophie, die er in zahlreichen Vorträgen vertrat. Tagore war unermüdlich. In all diesen Jahren entstanden außerdem zahlreiche und bedeutende Werke. Er verfaßte Romane, Lyrik, Essays

* Ausführlicher in den Anmerkungen zum Gedicht S. 117-119.

und Vorträge, Lieder und Theaterstücke. Seine letzten Gedichte, die bar jeder Sentimentalität hart existentialistisch geprägt waren, diktierte er auf dem Totenbett. Existentialistisch, skurril, phantastisch waren auch die Bilder, die er in den letzten zwei Jahrzehnten malte und mit denen er die moderne indische Malerei begründete.

Rabīndranāth Tagore hat das Leben in seiner Fülle erfahren: das Glück eines harmonischen Familienlebens ebenso wie die Trauer um die früh verstorbene Ehefrau; die Höhen des Weltruhms und die Tragik, die eigenen Kinder sterben zu sehen; die Ekstase und Seligkeit, vollkommene Gedichte und Lieder zu schreiben, und die kreative Unruhe nach Neuem und Besserem; die Genugtuung, mit den Großen seiner Zeit im Austausch zu stehen, die er auf seinen Reisen traf und mit denen er oft Briefe wechselte, und die Bedrückung von Einsamkeit, von Verzweiflung, von der die Gedichte der letzten Lebensjahre zeugen.

Er gibt uns in seinem Werk das Leben in seiner ganzen Fülle zurück. Tagore gilt als Dichter der *Welt- und Lebensbejahung*. Er mußte den religiös-kulturellen und sozialen Rahmen seiner Zeit durchbrechen, um zu einer solchen Weltbejahung zu finden. Die generelle Haltung des Hinduismus, in dessen Umfeld Tagore aufgewachsen war, ist in der Tat eher weltfeindlich. Die Welt wird als *māyā*, eine Illusion, als nicht eigentlich wirklich angesehen. Wirklich und erstrebenswert sei allein Gott. Der Weg, den der Hinduismus zu Gott vorschreibt, ist geprägt durch Askese, also durch die Abwendung von der sinnenhaft erfahrbaren Welt. Dagegen proklamiert Tagore, er wolle sich an Gott *und* an der sinnenhaft erfahrbaren Welt erfreuen. In einem Gedicht schreibt er programmatisch:

Im Entsagen Freiheit zu finden,
ist mir nicht vorherbestimmt.

In zahllosen Banden verstrickt, kost ich
der Freiheit unsäglich Entzücken.*

Dieses Paradox, wie man Gott und die Freude an den Eindrücken der Sinne gleichzeitig »genießen« kann, hat Tagore ein Leben lang zu beschreiben, zu deuten und zu feiern versucht.

Wie mein tiefstes Begehren
wahr ist und echt,
so ist mein tiefstes Entsagen
aufrecht und fest.
In beider Mitte jedoch herrscht eine heimliche Einheit.
Wie könnte sonst
das All eine so entsetzliche Spannung
so lange Zeit so heiter ertragen. [S. 64 in diesem Band]

Ein anderes Gedicht heißt, lapidar, so:

Wer mag, soll mit geschloßnen Augen in sich schauen,
ob man der Wahrheit dieser Welt kann trauen.
Um das Licht des Tags zu saugen,
sitz ich derweilen da – mit unersättlichen Augen. [S. 16]

Inder sehnen sich danach, ihr intellektuelles Verständnis, ihre Sinneserfahrungen und ihre Gefühle immer mehr auszuweiten, was notwendig zu immer größerer Abstrahierung führt. Der Beginn dieses Prozesses bei Tagore ist, daß er auf die Sinneswahrnehmungen mit Gefühlen reagiert – mit Liebe, Sehnsucht, ekstatischer Freude –, so daß Gefühle allmählich die Konkretheit der Sinneswahrnehmung aufweichen. Auch die Gefühle werden abstrahiert zum All-Gefühl, das die ursprüngliche Sinneswahrnehmung kos-

* Rabindranath Tagore: Das goldene Boot, S. 36. – Ausführliche bibliographische Angaben siehe Literaturverzeichnis am Schluß des Buches.

misch ausweitet. All-Liebe, All-Sehnsucht, All-Freude werden daraus. Unweigerlich besitzt diese kosmische Ausweitung – zumindest in Indien – eine religiöse Komponente. Das Kosmische entwickelt sich zur mystischen Schau, die letztendlich auch das Kosmische in eine vollkommene Abstraktion auflöst. Ziel in Indien ist immer das Göttlich-Absolute, *Brahman*. So werden im folgenden Gedicht das »Meer der Vielfalt« und der »Nektar des Lebens« – also die phänomenale Welt – dem »Jenseits« und der »Ewigkeit« gegenübergestellt:

Ich tauche ein ins Meer der Vielfalt,
um den Juwel des Jenseits zu fangen.
Mit meinem lecken Boot kann ich nicht mehr
von Ort zu Ort gelangen.

Die Zeit ist nun gekommen,
dem Ansturm der Wellen standzuhalten.
Ich sinke tief in den Nektar des Lebens;
im Sterben werde ich die Ewigkeit gestalten. (S. 55)

Wie sich das Individuum im Kosmos verorten kann und dabei das Fenster zum Ewigen öffnet, zeigt Tagore zum Beispiel in dem großartigen Hymnus »Wie sehr hab ich die Welt geliebt« (S. 64 f.) oder in einem seiner Abschiedsgedichte, geschrieben im Todesjahr:

Allein sitze ich am fernsten Fenster der Welt,
im Himmelsblau erkennt das Auge eine Nachricht des Ewigen.
Das Licht erscheint, gemischt mit Schatten,
und weht des *śiriṣ*-Baums grün-liebliche Freundschaft mir zu.
In mir tönt es – es ist nicht mehr fern, nicht mehr fern. [S. 85]

Die Vermischung der Sphären des Göttlichen und des Menschlichen ist im indischen Denken angelegt. Tagore spielt mit der Durchlässigkeit dieser Sphären – mit der Deifizierung des Menschen und der Humanisierung des Göttlichen, oder, anders gesprochen, mit den Möglichkeiten, Endlichkeit und Unendlichkeit miteinander in Beziehung zu setzen. Und er scheut sich nie, Gott als sein persönliches »Du« anzusprechen. In einem seiner Lieder heißt es charakteristisch: »Mitten im Endlichen, spielst du, / Unendlichkeit, deine Melodie.« (*gītāñjali* 120)

Aus Tagores Gedichten und Liedern spricht eine überströmende *Liebe zur Natur*, die sich, den indischen Geistesgesetzen entsprechend, in eine Kosmosfrömmigkeit ausweitet. Für ihn sind die »Dinge« der Natur niemals nur Dinge, sondern Wesen, beseelte Wesen, mit denen der Dichter kommuniziert und die untereinander kommunizieren.

Wind und Wasser, Licht und Himmel,
wann kann ich je mit Liebe sagen: Ihr seid mein?
In meines Herzens Kammer werden sie
  in vielen Gestalten versammelt sein. [S. 49]

Die kleinsten und die erhabensten Wesen der Natur haben Tagore so stark ergriffen, daß er zu dem folgenden erstaunlichen Ausspruch fähig war: »Ich liebe die Erde, die still zu meinen Füßen liegt, so sehr, daß ich ihre ganze Unermeßlichkeit, mit ihren Bäumen und Blättern, Flüssen und Feldern, ihrem Lärm und ihrem Schweigen, ihren Morgen und ihren Abenden, mit diesen meinen Armen umfangen möchte. Ich frage mich, ob wir jemals von einem Himmel die Schätze bekommen, die uns die Erde schenkt.«*

In seinen Liedern feierte der Dichter die Jahreszeiten, vor allem den Frühling und die Regenzeit, die ihn am meisten inspirierten.

* Rabīndranāth Tagore: *chhinnapatra* [Zerrissene Briefe]. Nr. 18. Viśva-Bhāratī, Kalkutta 1319 [bengalischer Zeitrechnung], S. 52.

Das Treiben der Natur nach einem öden Winter und einem heißen Sommer, ihre Farben, ihre Energie, ihre Freude verführten Tagore zu religiöser Gestimmtheit. Gott dynamisiert die Natur, in ihr zeigt sich Gottes Wesen und erfüllt nicht nur die Natur, sondern auch die Menschen:

Das junge Reisfeld sieht aus,
  als habest du grünen Nektar ausgegossen.
Ebenso ist in mein Herz
  unendliche Schönheit geflossen. [S. 59]

Rabīndranāth Tagores Lyrik lebt aus dem Dreiklang *Natur – Gott – Liebe*. Sie sind seine drei großen Themen. Sie beeinflussen einander und fließen ineinander. Liebe heißt nicht nur die erotische Liebe zu einer Frau; sie bedeutet ebenso die Liebe zu Gott oder dem Göttlichen, die Liebe der Mutter zum Kind und des Kindes zur Mutter (vgl. S. 30-42). Da der Dichter Liebe, wie die anderen Themen, immer aus einer zur Transzendenz strebenden Perspektive behandelt, bedeutet Liebe allgemein die tiefe Neigung von einem Geschöpf zum anderen und zwischen Geschöpf und dem Schöpfer. Tagore hat bis ins hohe Alter Liebesgedichte geschrieben, auch erotische Lyrik. Sie ist häufig von subtiler Feinheit, der Andeutungen genügen (vgl. S. 44-45; 62-63; 78-79; 80-81), oft leuchtet der spielerische Rādhā-Krishna-Mythos des Hinduismus durch (vgl. S. 56; 66-67), manchmal waltet aber auch demonstrative Deutlichkeit (S. 74-75). Liebe ist das große Thema der Dichter, Rabīndranāth Tagore macht da keine Ausnahme.*

Welche Bedeutung hat Rabīndranāth Tagore für uns heute? Ein großer Dichter erschafft eine eigene Welt, die er der wirklichen Welt entgegenhält, nicht um zu vergleichen, sondern um die wirk-

* Siehe Rabindranath Tagore: *Liebesgedichte*.

liche Welt noch reicher zu machen. Rabīndranāth Tagore war ein solcher Ur-Poet, der »mit dem Zauber der ganzen Welt« erfüllt war und darum die Welt neu erschaffen und deuten konnte. Er vermag jene ursprüngliche Bestimmung des Dichters zu erfüllen: *den Menschen Trost zu spenden*. Des Dichters Wort hebt den Leser und Sänger über sein gewöhnliches und oft beschwerliches Leben hinaus und gibt ihm Bedeutung.

Schrifttexte, die durch eine Religion geheiligt sind, haben eine zutiefst tröstliche Wirkung; wir können die Erfahrungen von Jahrhunderten greifbar in ihnen spüren. Doch Worte eines inspirierten Menschen *unserer* Zeit strahlen größere menschliche Wärme aus, und ihre Bedeutung für uns ist näher. Denn ihre Worte reflektieren die alten Traditionen in der Sprache und innerhalb einer Erfahrungswelt, in die wir hineingeboren wurden und die wir teilen.

So vermittelt uns die Lektüre von Rabīndranāth Tagores Lyrik das Gefühl, uns in einer Tradition zu bewegen, Teil eines *größeren Ganzen* zu sein. Darum ist sie in der Lage, Tröster und Lebensbegleiter zu sein. Die bengalischen Leser sind in denselben gesellschaftlichen Zusammenhang wie Tagore hineingeboren und haben darum das Privileg, dem größeren Ganzen innerhalb ihrer vertrauten Begriffe und Vorstellungen zu begegnen. In Europa müssen wir uns zunächst in die Ideen- und Gefühlswelt des Dichters einleben, dann spüren wir denselben Trost.

Bei Tagores Lyrik fasziniert uns die unmittelbare, naiv-authentische Aussprache des Wortes »Gott«, was uns im europäischen Alltag kaum noch gelingt, die Ursprünglichkeit der religiösen Gefühle und die Evokation einer schlichten, vertrauenden Gottesbeziehung. Tagore gelingt noch mehr: Er *sakramentalisiert den Alltag*, das heißt, er hebt unsere alltäglichen Handlungen und Gegenstände in eine symbolhafte Bedeutung, die er religiös deutet. Licht und Blume, Erde und Wolke, Reisfeld und Frühlingswind sind Signale einer Transzendenz; die Beschreibung der Schönheit ist niemals Flucht in die Ästhetik, sondern Abglanz einer göttlichen Herrlichkeit. Oben wurde dieser Vorgang als Kosmosfrömmigkeit bezeichnet. Sie tut uns entzauberten, verweltlichten, rational getriebenen Menschen gut, denen »kein Berg [...] mehr wunderbar« ist (wie es Rilke im Motto-Gedicht schreibt). Kosmosfrömmigkeit kann uns heilen und helfen. Tagore hat allerdings auch das Zittern und Beben vor dem Unbegreiflichen, die Unsicherheit und Verzweiflung, das Erschrecken angesichts von Leid und Tod gekannt: »Einst wird mein Wort / der Wind nicht mehr verbreiten, / meine Augen nicht plündern dies Licht.« (S. 64) Rabīndranāth Tagore hat sie ebenso machtvoll gestaltet und in die Sakramentalität des Lebens eingeordnet, wie seine Freude und Geborgenheit im Göttlichen.

Zu diesem Buch

Die hier versammelten Gedichte und Lieder stellen Tagores lyrisches Werk in seiner Vielfalt von charakteristischen Themen und Stimmungen vor; sie wollen einen repräsentativen Querschnitt durch sein Schaffen bieten.
Sämtliche Texte wurden erstmals aus dem Bengalischen übersetzt. Ausnahmen sind die drei Gedichte »An einem Regentag«, »Geschenk« und »Plötzliches Treffen«, die schon in dem Band Rabīndranāth Tagore »Liebesgedichte« enthalten sind. Einige der Kurzgedichte aus den Sammlungen *kaṇikā*, *lekhan* und *sphuliṅga* sind außerdem in der längst vergriffenen Ausgabe Rabīndranāth Tagore, »Auf des Funkens Spitzen« (München 1989) erschienen.
Die Texte sind chronologisch geordnet; Gedichte und Lieder sind dabei nicht getrennt worden. Bei den Gedichten war das Erscheinungsjahr des Bandes ausschlaggebend, in dem die Texte erstmals veröffentlicht wurden. Die Lieder haben in den meisten Fällen ein vom Dichter notiertes Entstehungsdatum.
Die *diakritischen Zeichen* blieben im laufenden Text auf Längenzeichen beschränkt und wurden nur bei nicht schon im Deutschen eingebürgerten und bekannten Namen und Ausdrücken gesetzt. Kursiv gesetzte Begriffe und Namen im Text und in den Anmerkungen (etwa die Gedichttitel) enthalten dagegen sämtliche Diakritika.
Die *Übersetzungen* wollen dem bengalischen Original so nahe wie möglich kommen. Trotz der besonderen Schwierigkeit, die gesellschaftliche, kulturelle, religiöse und eben auch literarische Brücke vom Original zur deutschen Sprache adäquat zu bauen, war die philologische Exaktheit höchstes Ziel. Tagore benutzte den *Reim* in beinahe allen seinen Gedichten und Liedern; nur in den letzten Lebensjahren verzichtete er meist auf Reim und Versmaß. Ich habe nur dann in Reimen übersetzt, wenn es vom Inhalt und von der Stimmung des Gedichts oder Lieds her unerläßlich war.

In den *Anmerkungen* wird der autobiographische und philosophische Hintergrund eines Gedichts erläutert, soweit er zum Verständnis des Gedichts beiträgt. Außerdem geben die Anmerkungen Einblicke in die Werkstatt des Übersetzers.

Ermutigt zu diesem Buch wurde ich von Dr. Cai Werntgen von der Udo Keller Stiftung (Neversdorf), die dieses Buch mit einem großzügigen Stipendium unterstützt hat. Dem Stifter Udo Keller und Cai Werntgen meinen herzlichen Dank! Ich danke auch Dr. Hans-Joachim Simm, der mir den Auftrag zu diesem Band erteilt hat, und Frau Gesine Dammel, meiner Lektorin, für die bewährt gute Zusammenarbeit.

In Śāntiniketan haben mir vor allem mein Assistent Rajendra Nath Sarkar geholfen sowie die Tagore-Spezialisten Anath Nath Das und Dr. Amartya Mukharjee. Dr. Wolf Kalipp hat meine Angaben zur Musik überprüft und ergänzt. Ihnen allen danke ich herzlich.

Literaturverzeichnis

rabīndra-racanābalī. 15 Bände. Viśva-Bhāratī, Kalkutta 1393 [= 1986]. [Gesammelte Werke von Rabīndranāth Tagore]

gītabitān [in einem Band]. Viśva-Bhāratī, Kalkutta 1371 [= 1964] [Gesammelte Liedtexte. Kapitel: *pūjā* (religiöse Lieder), *svadeś* (patriotische Lieder), *prem* (Liebeslieder), *prakṛti* (Naturlieder), *bicitra* (unterschiedliche Lieder), *ānuṣṭhānik* (Lieder zu verschiedenen feierlichen Anlässen)].

Rabindranath Tagore: Das goldene Boot. Lyrik, Prosa, Dramen. Hrsg. von Martin Kämpchen. Aus dem Bengalischen übersetzt von Rahul Peter Das, Alokeranjan Dasgupta, Hans Harder, Martin Kämpchen und Lothar Lutze. Aus dem Englischen übersetzt von Andor Orand Carius und Axel Monte. Verlag Artemis & Winkler, Düsseldorf und Zürich 2005 (Reihe »Winkler Weltliteratur«).

Rabindranath Tagore: Liebesgedichte. Aus dem Bengalischen von Martin Kämpchen. Insel Verlag, Frankfurt 2004; 3. Aufl. 2006 (insel taschenbuch 2988).

Rabindranath Tagore: Selected Poems. Aus dem Bengalischen von William Radice. Penguin Books Ltd., London 1985 (zahlreiche Nachauflagen).

Rabindranath Tagore: Selected Poems. Hrsg. von Sukanta Chaudhuri. Oxford University Press, New Delhi 2004 (The Oxford Tagore Translations).

Martin Kämpchen: Rabindranath Tagore. Monographie. Rowohlt Verlag, Reinbek 1992; 3. Aufl. 2002 (rm 50399).

Krishna Dutta/Andrew Robinson: Rabindranath Tagore, The Myriad-Minded Man. Bloomsbury, London 1995. [Biographie]

Rabindranath Tagore: My Life in my Words. Hrsg. von Uma Das Gupta. Penguin Viking, New Delhi 2006.

Martin Kämpchen: Rabindranath Tagore and Germany: A Documentation. Max Mueller Bhavan/Goethe-Institut, Calcutta 1991.

Martin Kämpchen: Rabindranath Tagore in Germany. Four Responses To a Cultural Icon. Indian Institute of Advanced Study, Shimla 1999.

Martin Kämpchen: Rabindranath Tagore und Deutschland. Marbacher Magazin Nr. 133. Deutsches Literaturarchiv, Marbach 2011.

Rabindranath Tagore/Helene Meyer-Franck und Heinrich Meyer-Benfey: Mein lieber Meister. Briefwechsel 1920-1938. Hrsg. Martin Kämpchen und Prasanta Kumar Paul. Aus dem Englischen von Ingrid von Heiseler. Draupadi Verlag, Heidelberg 2011.